食堂かたつむり

蜗牛食堂

[日] 小川糸 —— 著

陈宝莲 —— 译

从土耳其餐厅下了班回到家,我发现房子里空荡荡的,一副人去楼空的模样。电视、冰箱、洗衣机、日光灯、窗帘,还有玄关的踏垫……所有东西都消失不见。

瞬间,我以为自己走错了房子。但一再确认之后,没错,这确实是我和印度恋人同居的爱的小窝。天花板上的那块心形污渍就是不可动摇的证据。

此刻就跟当初房屋中介带我们来看房时的情况一样,不同的是,如今房子里残留着一股淡淡的印度什香粉味,还留有恋人的钥匙,在空荡荡的客厅中央闪闪发光。

在这费尽心力才租到的房子里，夜晚我们盖着同一条棉被，手牵着手入睡，印度恋人的皮肤总是散发出芬芳的香料味。窗上贴了几张恒河的风景明信片和几封偶尔从印度寄来的信，虽然我不懂信上的印地语，但只要把手指放在那些文字上面，便感觉十分温暖，仿佛自己正牵着他在印度的家人的手。

将来有一天，我会和恋人一起去印度吧！

印度的婚礼会给人什么感觉呢？

我痴痴地做着杧果奶昔般浓郁甜蜜的梦。

房子里装满了我和恋人共同生活三年的回忆，还有珍贵的资产。

每天晚上，我都一边做着饭，一边等着恋人归来。料理台虽小，但贴了瓷砖，位于房子向外突出的角落处，三面是窗。在我上早班的日子里，下班回家后能在被橘色夕阳包围着的厨房里做饭让我感到喜悦，那种幸福是任何事物都无法替代的。厨房里有烤箱，虽然不是很好用，但是因为有窗户，一个人吃饭时烤个鱼干也不会有什么味道，非常方便。而且，厨房里都是我用顺手、习惯了的厨房用具：过世的外婆留给我的明治时代的研钵、用来盛放刚煮好的白米饭的桧木桶、用第一份薪水买的酷彩牌铸铁锅、在京都筷子专卖店发现的尖端细细的料理筷、二十岁生日时打工的那家有机餐厅的店长送的意大利小刀、穿起来很舒服的麻布围裙，还有做卵石渍茄子时不可或缺的小卵石，以及大老远跑去盛冈买回来的南部平底铁锅……

餐具、烤面包机，还有厨房用纸，全都不见了！屋子里值钱的家具很少，只有厨房用具丰富，都是我做料理的好伙伴。我用每月打工赚来的钱一一买齐了这些价格有点贵但可以长久使用的东西，而且才刚刚用得顺手而已。

为慎重起见，我打开厨房里的每一个收纳柜进行检查，可是只看见曾经放过的东西的痕迹，再怎么伸手摸索，也只能摸到空气。就连几年前我和外婆一起一个个仔细擦拭、充满回忆的梅干瓶子都无影无踪，甚至连我准备和今天晚归的素食恋人一起快乐享受用鹰嘴豆和粗麦粉做成的奶油可乐饼的材料都不见了！

然后我猛然惊觉一件事，连忙奔向玄关，穿着袜子就冲出门。

恋人唯一会吃的日本发酵食品就是我做的米糠酱菜。这是他每天非吃不可的，而如果不用外婆留给我的米糠酱，就腌不出那种味道。因为温度、湿度都刚好，我一直把米糠酱瓮放在玄关大门旁燃气表所在的狭小空间里。那地方夏天凉爽，冬天温度则比冰箱高一些，最适合存放米糠酱。

米糠酱瓮是外婆留给我的重要遗物。

拜托，就算只留下酱瓮也好……

我边祈祷边打开门，黑暗中，熟悉的小瓮在静静地等着我。我打开盖子检查里面。今早我用手掌抹平的表面还是那样，露出浅绿色的芜菁叶子。芜菁去了皮，只留下一点点叶片，在尾端用刀划了个十字，芜菁腌过以后水嫩又甘甜。

幸好还在。

我不由得抱起酱瓮,将它拥入怀中,冰冰凉凉的。除了这个米糠酱瓮,我已无所寄托。

我盖上盖子,一只手抱着沉甸甸的米糠酱瓮回到房子里,用指尖勾起备用钥匙,然后另一只手拿起篮子,离开了那空荡荡的公寓。

"砰"的一声,像要永远关闭似的,门发出了很大的声响,然后关上了。

我没有搭电梯,而是走楼梯,小心翼翼地不让米糠酱瓮掉下去,一步一步地走到公寓外,看到东边的天空中挂着半轮明亮的月亮。

我回头一望,三十年的老公寓就像只大怪兽,耸立在黑暗中。

我无法继续留在这个因为送了房东手工制作的玛德琳蛋糕,从而不需要保证人就租到的两人爱巢。

我直接离开公寓,到房东家归还钥匙。现在正值月底,下个月的房租几天前已交付完毕。当初也说好退租的话提前一个月告知即可,因此我就这样离开也没有问题,毕竟家具已一件不剩，就是想搬也没得搬。

天色已经全黑了，我既没戴手表也没带手机，连时间都不知道。

我一步一步地走过好几个车站，来到了公交车的终点站，几乎花光了手头所有的钱，买了一张夜行高速公交车的车票。

驶向我自十五岁那年春天离开以后就不曾回去过的家乡。

夜行高速公交车载上我、米糠酱瓮和篮子后就立即发车了。

城市的灯火从车窗外闪过。

再见。

我在心中挥手告别。

闭上双眼，过往发生的一切如同寒风中飞舞的枯叶，在我脑海中盘旋着。

十五岁离家以后，我不曾回过家乡。

我的老家在山里一个宁静的小村庄，是个自然资源丰沛，我打心眼里喜爱的地方。但是，中学毕业典礼结束的当晚，我便和现在一样坐着夜行高速公交车，独自离家。

从那之后，我和妈妈就只靠明信片联络。我离家几年后收到过一张彩色照片：一只穿着洋装的猪亲密地依偎在打扮得像在拍广告的妈妈身边。

我到了城市以后住在外婆家里。

每当我拉开那扇接合不良、嘎吱作响的拉门，说"我回来喽"的时候，站在厨房里忙活的外婆总是以安详的笑容迎接我。

外婆是妈妈的亲生母亲，住在靠近市郊的一栋老房子里，过着虽不奢侈，却重视季节变换的日子。她说话很客气，态度很温和，但骨子里很坚定，是个非常适合穿和服的女人。我好喜欢那样的外婆。

猛然发觉，一转眼间，我来到城市已有十年。

我抹掉车窗上的水滴，在漆黑中看到上面映出我的脸庞。公交车穿过高楼林立的街道，奔驰在高速公路上。

和恋人交往以后，除了刘海，我不曾剪过头发，总绑成两条辫子，垂到背部中间的位置。恋人说他喜欢长头发的女孩。

我凝视映在黑暗中的自己那模糊的眼睛，猛然张大嘴巴，像条要一口吞下大量鱼群的座头鲸，不断地吞下黑白的影像。

一时之间，我仿佛和过去的自己四目相对。

虽然转瞬即逝，但我好像看到了十年前那个鼻尖抵着车窗、梦想着都市光鲜的幼稚的我，正坐在反向奔驰而去的夜行高速公交车中。

我连忙转头，探寻交错而过的车。但两辆车之间的距离已被惊人的速度隔成了"过去"和"未来"，车窗上再次布满水滴。

是从什么时候开始的呢？我决定将来要做个职业料理人。

料理对我的人生而言，就像昏暗中浮现出的一道缥缈的彩虹。

就在我以那种方式来到大城市里努力奋斗，终于也可以和其他人一起聊天说笑的时候，外婆安静地离我而去。

那天晚上，我在土耳其餐厅打工结束回到家后，看到矮饭桌上放着许多用纸巾盖着的甜甜圈；而外婆就在旁边，像睡着似的死去了。

我将耳朵贴在外婆单薄的胸口上，听不到任何声音；我把手掌放在她的嘴和鼻孔上，也感觉不到一丝气息。我认为她不会醒过来了，突然就下定决心谁也不联络，心想，至少就这一晚，让我和外婆共处。

外婆的身体渐渐地变冷、变硬。我就在她旁边，整晚不停地吃着甜甜圈。那面团里掺了罂粟籽，混杂着肉桂和黑糖，那种温和的味道，我一生都难以忘怀。

每当我咀嚼用麻油炸得酥软、刚好一口大小的甜甜圈时，和外婆共度的阳光岁月就会如泡沫般轻轻浮现。

外婆那因搅拌米糠酱瓮而凸显青色血管的雪白手背，因使劲研磨食材而弓起的背部，舌头舔着手掌品尝味道的侧脸……这些记忆总是在我的脑海中闪烁、来去，不肯离开。

我就是在那段消沉的日子里遇到印度恋人的。

他在我打工的土耳其餐厅隔壁的印度餐厅打工,平日是餐厅服务生,周末就负责肚皮舞的音乐伴奏。我去餐厅后面倒垃圾时会碰到他,我们偶尔也会在彼此休息的时间和下班回家的路上交谈一会儿。

他个子很高,眼睛很美,是个温柔的人,比我年轻一些,会讲一点点日语。只要看到他的笑容,听到他生硬的日本话,我就会忘掉外婆已不在世的绝望和失落感,即使只有一瞬间。

回想那个时候,我总是在心里把印度和土耳其重叠在一起,十分美丽。

肤色微黑、眼睛清澈、典型印度脸孔的恋人在吃豆子和蔬菜咖喱时,不知为什么,背后总会浮现出土耳其的蔚蓝色大海和贴着瓷砖的清真寺的画面。

我想,一定是我们邂逅的地方营造出了那样的景象。

那家土耳其餐厅是我打工时间最长的一家，我在那里待了将近五年的时间。

其间我几乎每天都和正式员工一起工作，后来还和真正是土耳其出身的厨师混熟了，得以在厨房施展我的手艺。

那段时间，死别和邂逅像海啸般同时向我袭来。每一天，我都像精神、体力被耗尽般硬撑着，但是现在回顾过去，我觉得那也是奇迹般无可替代的日子。

想到这里，我叹了口气。也得告知那家土耳其餐厅才行。

水汽氤氲的车窗玻璃像镜子般映出夜行高速公交车车内的景象。只有十几个乘客，都舒坦地睡在座位上，而我的脸模糊地映在透明苍白的黑暗中。

天就快亮了。

为了换换心情，我把窗户开了一条小缝，发觉天空正渐渐泛白。

风中掺着淡淡的海水味。

我伸直脊背,看到旋转着的风车。那一望无际的草原上耸立着几架白色风车,正飞快地旋转着。

寒意悄悄渗入毛孔,我打了个寒战。身上只穿着及膝裙、高筒袜和长袖 T 恤,我的脚尖都冻僵了。

就快到达终点站了吧。

远处飘来雨的味道。

我在非常冷清的站前十字路口处下了车。

风景丝毫没有改变,仿佛我昨天才离开家。只有色彩,就像用彩色铅笔画的风景画被橡皮擦擦过般,整体褪色,泛白。

转乘的小巴一小时后才发车。我走进附近的便利店,用剩下的钱买了单词卡和黑色的马克笔。只有这家便利店散发着新的气息,地板打过蜡,亮晶晶的。

在店里,我在每张卡片上一句一句清楚地写下今后可能会用到的日常用语:

你好。

早安。

天气真好。

最近好吗?

给我这个。

非常感谢。

幸会。

请保重,再见。

拜托。

对不起。抱歉。

请——

多少钱?

我发现了一件事情。

是昨晚在车站售票厅买高速公交车票时……不对,是去给房东还钥匙时,不对,是我打开空荡荡的房子的那一刹那——我的声音变得透明。

简而言之,这也许是精神受到冲击而产生的一种歇斯底里的症状。

可是,那并不是声音发不出来的原因。

并非如此,声音仿佛从我身体的组织中脱落一般,就像收音机的音量被调为零,虽然有音乐在持续播放,却谁也听不到。

我失去了声音。

有点惊讶,但没有哀伤。不痛、不痒,也不苦,身体少了那一份负担,感觉变轻了。而且我已不想再和任何人说话,这样正好。

我静静地聆听只有自己听得见的心之声。应该这样,肯定是。

然而,活了二十五年的我,当然也知道不和别人交流就无法生存的实际问题。

于是,我在最后一张卡片上写下:我现在因为某个原因,发不出声音。

然后,我搭上了不起眼的小巴。

小巴和在深夜奔驰的高速公交车不同，它以非常缓慢的速度前进着。天色一亮，我肚子里的饿虫就开始作怪。想起昨天中午吃剩的饭团，我便从篮子里将它拿了出来。篮子里只有装着一点零钱的钱包、手帕和卫生纸。

为了节省生活费，我每天早上都带自己做的饭团去上班。土耳其餐厅虽然供应伙食，但是要另外缴费。

我的生活如此节俭都是为了存钱，将来好和恋人一起开餐厅。那是现在进行时，还是已经过去了？想到这儿，我脑袋里就像忽然涌进了一股白油漆。

开店的资金没有放在银行，而是保存在壁橱里面。每十万日元一叠，存到一百万日元就把钱装进大信封袋里，用透明胶带封好，然后这个信封就被塞进放在壁橱里的棉被中，这棉被平时也用不到。那辛辛苦苦、一点一点存下来的百万日元信封不止一个。当我试图想起一共有多少个时，我脑袋里又涌进了雪白的油漆……

剥开皱巴巴的铝箔纸，露出吃掉一半的饭团。我拿起饭团放进口中，冷冰冰的味道。饭团里面包着的正是我最后一次和外婆一起腌的梅干。

我们轮流巡夜，不让梅子长霉。立秋前十八天晒梅子时，我们得把梅子铺在走廊上三天三夜，每隔几小时就帮梅子翻一次身，再用指尖揉搓一下以软化其纤维。即使不添加紫苏，外婆腌过的梅子也会渐渐染上粉红色。

我嘴里含着这最后的梅干，身子一动不动，梅干的酸味直接渗进我体内的最深处。这梅干对我来说拥有神秘珠宝般的价值，因为和外婆共同生活的每一天都深深沁入我的心底。我的眼泪差点掉下来，喉咙也哽咽起来。

温柔地牵着我走进料理世界的就是外婆。

刚开始只能站在一边看的我，渐渐能和外婆一起走进厨房学习做菜。外婆不常用言语说明，但在做菜过程中会让我一一品尝，让我用自己的舌头去了解嚼劲、口感以及味道。

我在老家的时候，会用微波炉加热食物或开罐头吃，和在外婆家相当不同。外婆家的味噌、酱油，还有萝卜干，都由她亲手制作。我第一次知道一碗味噌汤里面含有小鱼干、柴鱼、大豆、麦曲等许多食材的时候，感到非常惊讶。

外婆站在厨房里的身影被神圣美丽的光晕包围着。光是远远看着那身影，我都会感到平静；要是站在她旁边帮忙，我就觉得自己参与了某项神圣的工作。

外婆常用的"适当""咸淡"这些词，令不习惯做菜的我觉得莫名其妙，但渐渐地我明白了，外婆是在用"适当""咸淡"这种笼统又宽泛的词来表达料理的最佳状态。

梅干不知不觉地在我口中下咽，舌头上只留下梅子核和跟外婆有关的回忆。

都市里夏天刚刚结束，但是在这里，真正的秋天已经来临。吃过饭团后，我感觉更冷，坐在小巴最后一排，我的身体不停地发抖，想喝点热饮，可已经上车了，身上的钱也不够。

我像抱着婴儿般把米糠酱瓮抱在膝上。感觉暖和了一点。

我把额头抵在车窗上,看向窗外。

已经被我忘记的家乡地图像底片显影般渐渐苏醒过来。我脑中的那幅旧地图上又追加了新盖的房子和新开的商店。

小巴缓缓开进了绿荫浓密的山中。我多少还是有点紧张,心脏扑通扑通地跳着。

小巴转弯时就可以看到"乳房山"了,高高隆起的两座山头紧紧靠在一起。这两座山高度相同,山顶上也都矗立着一块岩石。远远看过去,就像仰面躺卧着的女人的乳房,因此村里的人一直以来都叫它"乳房山"。

听说"乳房山"的山谷,就是相当于乳沟的溪谷处,建造了日本屈指可数的蹦极台。我几年前偶然在新闻上看过这件事。

仅容一辆汽车通过的狭窄山路两侧印着"欢迎来到蹦极之乡"的桃红色鲤鱼旗,非常显眼,还有大到让人以为放错地方的招牌。我想,这一定跟奈空有关。

下车时我迅速拿出"非常感谢"的卡片，向司机告别。"欢迎来到蹦极之乡"这几个大字在我眼前跳跃。

阴沉的天空中淅沥沥地下着雨。我右手抱着米糠酱瓮，左手紧拎着篮子，一路走回老家。

途中想要小便的话就在草丛里解决。在这人口不到五千的村庄里的山路上，你不太会碰到人。当我尿尿的时候，不知从哪里冒出一只雨蛙，一直盯着我看。我伸手摸它，它轻快冰凉的四肢便攀住我的手掌。

我告别了雨蛙，再度踏上山路。走到杉树林立的路段时，一只翘起大尾巴的松鼠蹿过我的眼前。

渐渐接近"乳房山"了，我的心因兴奋颤抖着。

我抱着米糠酱瓮，拎着篮子，在老宅前静静站了一会儿。村子里的人背后叫这栋建筑为"琉璃子御殿"，琉璃子是妈妈的名字。宽广的场地上除了主屋，还有妈妈经营的小酒馆Amour、储藏室和一些田地。我和妈妈一起在这里度过的日子有如千层派似的层叠而出。

门前新种的大棕榈树歪了，是水土不服吗？大树下方的叶子已经枯萎，变成褐色。这块四周环绕着茂密树林、被单独整理出来的土地，本来是妈妈的情人、人称奈空的所有物。

这栋从空中俯瞰时就像被撒上一层灰，色泽暗淡，只有显眼处花了点钱装修的建筑，其实是偷工减料、半途而废的住所。直到现在，我还是很想用推土机或别的什么把它全部铲掉。

奈空是本地小有名气的根岸恒夫混凝土建设的社长，我读小学时就听到人家称他为奈空。

我是私生女，不知道自己的父亲是谁，但我千祈万求，绝不希望他是我的父亲。

我蹑手蹑脚地穿过主屋和酒馆，径直走到后面的田地去。

我想赌一把。

如果能够挖到妈妈的私房钱，我就带着那笔钱逃走，再次逃往一个陌生的地方。妈妈完全不信任银行，她把装着钞票的香槟瓶子埋在田里。

我曾在夜里偶然看到，所以知道这个秘密，不过，万一没有找到……

我走进田里。天色更暗了，落下冰雹大的雨滴。终于下雨了。

妈妈明明对农业一点兴趣也没有，田里面却还是种着蔬菜。或许是因为奈空以外的另一个情人会帮她种田吧。

眼前的芋头叶硕大又茂密，田里还种有葱、萝卜、胡萝卜等。我忽然好想做菜，不过现在可不是想这种事情的时候。

我先开始挖特意竖着稻草人的地方。

一般人会以为那么醒目的地方不会埋着贵重物品，但妈妈就有别人怎么以为就偏不怎么做的大胆性格。

可事与愿违，从地下挖出来的居然是我以前埋下的藏宝盒。

起初上面满是泥土，所以我没有发现，但拨开泥土后，我顿时觉得那个饼干盒很眼熟。

我忐忑地打开藏宝盒的盖子。

里头都生锈了。

记忆中的物品再度出现在我的眼前。

水枪是我从前到处闲逛时随身带着的东西。有时候我在里面装上果汁,再远远地射进嘴里喝,冲着从庙会买回来的乌龟的壳喷水或是浇花时也都用这把水枪。溜溜球是我无聊时最爱玩的。我喜欢爬上附近的那棵大无花果树,舒服地坐在树枝上玩溜溜球。上面写着"妈妈"的白色小石头是我生妈妈的气时用力摔到水泥地上以发泄怒气的重要道具。我还在石头背面用蜡笔画上类似妈妈的眼睛、鼻子和嘴巴的图案。

还有熊猫玩偶、第一次吃到的外国巧克力那漂亮的金色包装纸、有着淡淡清香的橡皮擦、掉在路旁的蝴蝶的翅膀、蛇蜕下的皮、吃完的蚌壳及蛤蜊壳等很多很多现在已经觉得无关紧要的东西。

我拿着那些东西站在田中。一闭上眼睛,那段时光便苏醒了过来。吃零食、吃饭、看电视、做功课、洗澡、睡觉，做每一件事情时我都是孤独一人。

妈妈总是娇媚地在酒馆里招呼客人。

我想玩一下很久没玩的溜溜球，正把线缠好站起身来时，主屋的玄关就发出了很大的声响，一团白白圆圆的东西一溜烟地冲了过来！是照片上的那只猪，像头斗牛般地冲向我。

啊！我发觉不妙时，猪已经冲到我的眼前。从我离家后，妈妈就一直和这只猪一起生活。猪比我看照片时想象得还要大，近身看时更觉压迫。

我本能地转身就跑，可猪跑的速度也比我想象得快。我好几次被菜叶子绊住，差点摔倒，但还是拼命逃。

途中我掉了一只鞋子，也还是继续跑。每当猪鼻子碰到我的屁股时，我都生怕会被它吃掉。猪是杂食动物，或许会吃人啊！我一身泥土，而且本来体力就不好，于是很快就喘不过气，瘫倒在地。

但最糟糕的才刚开始，听到骚动的妈妈一边大喊着"小偷！小偷！"一边冲过来。过惯夜生活的她刚刚还在睡觉吧！蕾丝睡衣下穿着一双黑色长靴，正拿着镰刀向我冲来。她还没认出我来。

十年不见，完全没有化妆、素着一张脸的妈妈，脸部轮廓很深，看起来像整容后穿着女装的中年男子。我不出声地默默抵抗，泥土的味道混合着妈妈的香水味，很难闻。

视力不好的妈妈终于在镰刀朝着我肚子挥下来的瞬间认出了我。真是千钧一发。

我回过神来时，雨势变得急乱，风力强大，如同暴风雨般。妈妈和我都全身湿透。隔着薄薄的睡衣，妈妈没穿胸罩的胸部被我看得一清二楚。还是像"乳房山"一样高挺丰满的乳房。

我完全忘记单词卡的存在，只是跌坐在田里，张着嘴凝视妈妈。

妈妈的肩膀剧烈起伏，嘴角像怪兽喷火似的冒出白雾。

一瞬间，我们俩四目相对。可是妈妈什么也没说，转身回屋。

走到玄关的时候,她回头看向我这边,微动下巴,猪也甩着弹簧似的细细尾巴,慢慢地跟在妈妈后面。

我的衣服上沾满了泥巴。

不但没有如期待的那样找到妈妈的私房钱,还被妈妈逮个正着,这真是最糟糕的结果。

既然这样,想到别的地方展开新生活已经不可能了,因为我身上连坐小巴回车站的钱都没有。我现在能去的地方真的只有这里了。

我站起来,做好心理准备。先把挖出的藏宝盒再度埋进土里,接着去拿掉落的鞋子,然后抱着米糠酱瓮,拎着篮子,一步一步艰难地走进家门,嘴里满是泥巴味。

十年没有进过的家门啊。

那只猪就住在主屋旁边加建的漂亮猪舍里,猪舍门上钉着写了"爱玛仕"三个大字的牌子。

洗完澡,喝着妈妈泡的带点酸味的速溶咖啡,我用夹在报纸里的广告页的背面和妈妈进行笔谈。妈妈借了睡衣给我穿，睡衣的纤维里散发着浓郁的香水味。

不知道为什么，我连对着妈妈也发不出声音。我用不同颜色的圆珠笔在广告页背面写出自己想说的话。

我完全忘了妈妈的字有多漂亮。反观自己，因为紧张和畏缩，我握笔无力，只能写出又小又丑，像是濒死的蚯蚓般的字。

我们面对面坐在电暖桌前，轮流写字，中间耸立着高不见顶的十年岁月之山。

在噼里啪啦的雨声中，我们的笔谈持续了一个多小时。

我身无分文，开口向妈妈借钱，但如预料般遭到拒绝。不过，妈妈也不愿让她的亲生女儿过着游民般的生活，便勉强答应让我回家住。

条件是要照顾爱玛仕。

当然，餐费、电费以及房租等都要付钱。

因此，我必须工作，可得先找到工作。不过在这偏僻的农村里，就连蹦极员的面试预约，肯定也早都排满了。

就在毫无头绪的时候，我突然灵光一现：就借用家里的储藏室开一间小餐馆如何？虽说是储藏室，却是奈空用来展示的样板房，结构完整，里面也很宽敞，当储藏室还有点过于豪华了。

而且，就算想找工作，除了做菜，我也什么都不会。

但讲到做菜，我确实有自信。

如果能在这个山谷里的宁静小村庄做菜，我应该可以安稳地生活下去吧。这一预感就像岩浆般从我身体深处涌了出来。

我失去了所有的家具、厨具和财产，所有的东西，但我还有这具身体。

照烧牛蒡丝拌梅干蜂斗菜梗、香醋炖牛蒡、掺入大量蔬菜的散寿司、软嫩滑溜的茶碗蒸、只用蛋白凝固的牛奶布丁、黄豆面馒头……外婆留给我的这些食谱全都还留在我的舌头上。

还有，在咖啡店、小酒馆、烧烤店、有机餐厅、人气咖啡厅、土耳其餐厅等各式各样的餐饮店所累积的工作经验，像年轮一样刻在我这具身体的血肉中和指间。

就算剥光衣服让我全身赤裸，我也还是能够做菜。

人生中头一次，我下定决心求妈妈答应。

拜托，我会努力打拼，能把储藏室借我吗？

最后，我写下这些话，恭恭敬敬地递给妈妈。
然后，我双掌紧紧贴在榻榻米上，深深地鞠了一躬。
"不能半途而废，要坚持到最后！"
我抬起头，妈妈那漂亮的字迹跃入我的眼帘。
妈妈等我看完那些字后，边打着哈欠，边起身回自己的房间，睡回笼觉去了。

最后，我决定留在这山谷的宁静村庄里，做一个料理人。
开店资金是以相当于高利贷的高利率向妈妈贷来的。
拥有一家自己的店对我来说是多年以来的梦想。
包括恋人在内，失去一切的伤痛虽难以计量，但也成了一个契机，让我的人生向前迈了一大步。这样的发展，一天前的我是完全想不到的。

我走进暌违已久的房间。本来还以为我所有的东西都被处理掉了，没想到一切原封不动。我打开衣橱，看到自己的运动服。于是脱掉妈妈的睡衣，换上运动服。十年过去了，两侧镶着白线的红色运动服虽然有点紧，但还装得下我的身体。

我立刻把米糠酱瓮放到厨房里通风良好的阴凉处。

妈妈管理的厨房还是一样糟糕。洗碗槽有点脏，海绵上也沾着菜屑，垃圾没有分类，餐桌上随意摆着本地专有的方便面。

和外婆珍视的厨房实在大不相同。我拉开抽屉瞥了一眼，里面的海苔因放置太久而光泽全无，蔫蔫地躺在透明塑料袋里。我假装没看到，关上了抽屉。

我对于米糠酱瓮能够安然留下的感激之情胜过那些不愉快的感觉，心里暖暖的。老实说，直到此刻之前，我的心情都太过紧绷，没有过多的时间和精力去想这事。

外婆的遗物米糠酱瓮。

这么说也并不为过。

它躲过了地震和战争啊!

每当我和外婆一起查看米糠酱瓮的时候,她总是得意地这么说。大正年间出生的外婆说,这是她母亲留下来的,她母亲应该生于明治年间,因此,这恐怕是从江户时代传承下来的米糠酱瓮啊!

现在就是想做也做不来,想买也买不到——这个只要把蔬菜放进去,它们就会高兴地变成美馔的魔法之瓮。

我接管它以后,总是细心地加进去一些味噌汤里的柴鱼干、小鱼干和陈皮。偶尔让它喝点啤酒,吃点面包,活化它的乳酸菌。每个人身上的乳酸菌都不同,外婆得意地告诉我,女人的比男人的好,尤其是生过孩子的女人。

我轻轻地打开米糠酱瓮的盖子,闻着外婆的味道。

雨停后,我在阔别多年的老家附近闲逛。

我满脑子都是开餐馆的事情,想法不停地冒出来。现在不是睡觉的时间,头脑也清醒得一点都不想睡。而且,我最先想去看望的是一棵树。

沿着通往后山的路，我一口气跑到记忆中的地方。在一座小高丘那里，有棵特别高大的无花果树。这十年来，我从没想过要见妈妈，但很怀念这棵无花果树，好几次在梦中寻找它的踪影。

对我来说，真正了解我的不是妈妈，不是同学，而是这座山上的大自然。

二十五岁的我，体重比那时重多了，但还是能像以前一样坐在树上。

因为过了十年，树干变粗了，树枝也比以前结实。我觉得这棵无花果树也很高兴能与我重逢。

我把耳朵贴着树干，感受着微微的温暖。树枝弯弯，挂满了翡翠色的果实，好像装饰豪华的圣诞树。我用指尖抚摸果实，每一颗都饱满结实，像手抱双脚、蹲在地上的小孩的背一般。

如洋葱皮般半透明的薄薄云层挂在空中，淋过雨的花草树木闪闪发光。

虽然新盖了一个蹦极台，但从树上看过去的风景几乎和十年前一样。

我从口袋里拿出剪刀,左手捏着刘海,右手拿着剪刀,一口气剪了下去。清脆的"咔嚓"一声!刘海离开了我的身体。

不只是刘海,旁边、后面的头发也都被我用左手抓住,一把一把地剪掉。

即使只有一毫克,我也想变轻。剪下的头发被我向下抛去,任风吹落到地上。

料理人不需要长发。我一边以手作梳,一边剪头发。原本留到背部的长发瞬间变短,整个脑袋也轻了许多。

我剪好头发后,便晃着双腿眺望远处耸立的"乳房山"。

"喂!"底下突然传来男人的声音。

我从叶缝之间往下看。老老实实站在那里的是穿着浅褐色工作服的熊桑[1],他的表情如岩石般僵硬,但心

---

[1] 在日语中"桑"是跟在姓氏后面的,表示对人的尊称。——编者注(若无特别说明,本书注释均为译者注)

地很温柔。他的本名好像叫熊吉，可是本地人都叫他熊桑。

熊桑是我读小学时学校里的临时职员，是我们小孩子的偶像。冬天下雪时铲开积雪让我们上学、做运动会的准备工作、帮我们更换破窗户的都是熊桑。

"哎呀，是小苹吗？"

那一瞬间，我体内涌出一股酸酸的感觉。

我讨厌妈妈帮我取的名字。由于我是不伦关系的产物，所以她叫我"伦子"，实在过分。不过，本地人说这个词时听起来倒像"苹果"，这让我有些许得救的感觉。

熊桑来到我的正下方，目不转睛地看着我说："你长大了，变漂亮喽。"

我赶忙从篮子里拿出单词卡，翻到最后一张给他看。

    我现在因为某个原因，发不出声音。

熊桑赶紧从口袋里拿出老花镜，想看清那些字。可能是字太小他看不清楚，又或者是不了解那些字的意思，他再度抬头看着我，像突然想起什么似的说："睡鼠。"

我从无花果树上一跃而下，和熊桑肩并肩，一起抱着膝盖坐在潮湿的泥土地上。温暖的秋阳如雨露般洒落在熊桑和我的脸上，好像刚才不曾下过一场大雨一样。

睡鼠。

那天为什么会哭得那样伤心呢？我独自在学校的走廊里哭泣，路过的熊桑出声叫住了我。他背着我径直走进平常不准我们进去的职员室。我家没有男人，那时只觉得熊桑的背部好宽阔好温暖。

那有着独特气味的微暗又狭小的空间里堆放着许多我平时接触不到的器具，火炉上的水壶正冒着白色的热气。

"小苹，知道这是什么吗？"

熊桑从橱柜里拿出一口小锅，静静地拿到紧张得浑身僵硬的我面前，轻轻打开盖子给我看。里面是一只褐色的小生物。

"这是睡鼠。"熊桑说。

"睡鼠？"我一边哽咽地问，一边抬头看。熊桑咯咯地笑着，五官挤成一团，然后拿起睡得正沉的睡鼠，放在我的手掌心上。

睡鼠还是动也不动地继续睡。我蓦地发现自己不哭了。

这件事我几乎都忘了，现在才突然想起。那时我还感受到我掌心的睡鼠也苏醒了过来。从那以后，熊桑成了我的好朋友。

我从熊桑手上拿回单词卡，翻到"最近好吗？"后再度递给他。他默默点头，开始谈起我不在的这段日子里村庄和他自己经历的事情。

熊桑在我去城市的时候娶了妻。他眼睛发亮地说，对方是阿根廷人，性格好，人又漂亮。

熊桑叫他太太西妞丽塔，不过我想应该是仙妞丽塔，不知是他有口音还是我一开始就听错了，反正我听起来就是西妞丽塔。

西妞丽塔比熊桑年轻很多。

婚后他们和熊桑的母亲住在一起，很快就有了孩子。熊桑拿出他有着大大眼睛的可爱女儿的照片给我看。

可是，理想的婚姻生活并不长久。先是婆媳关系恶化，终于有一天，一心向往大都会的西妞丽塔带着女儿离开了。

熊桑家世世代代居住在这块土地上，他生来就是山里的男人。对于山里的一切，他什么都知道，但是山以外的事情，他却几乎一无所知。他担心自己若离开故乡就无法生存下去。

而且，他也舍不下年老的母亲。结果，熊桑没有追随他心爱的西妞丽塔而去，而是选择继续留在这座山谷的宁静小村庄里。现在，他和年老的母亲还有他戏称为"熟女"的山羊住在一起，过着寂寞的生活。

熊桑突然站起来，从工作服胸前的口袋里拿出橡栗给我。橡栗圆鼓鼓的，表面光亮，放两颗在手掌滚动，碰撞时会发出响板似的清脆声音。

非常感谢。

我赶紧从篮子里拿出单词卡,翻到这一页给熊桑看。

熊桑露出"这没什么啦"的笑容,晃着浑厚的宽背沿着山路回去了。

他那略拖着左脚走路的样子是以前和一只雄黑熊扭打时获得的勋章。那是熊桑的英勇事迹之一。

"橡栗浸过烧酒后,对伤口很有效!"走到小径的一半时,熊桑回过头来大声说,然后咯咯地笑着。那张圆圆的脸和给我看睡鼠时一样挤成一团。

我起身走到无花果树旁边的小河畔。刚才没有照着镜子剪头发,所以现在想确认一下自己变成了什么样子。我跪在杂草茂密的地上,好奇地看着河面,上面映出已经变成短发的我。

形象虽然完全改变,但那确实是我的脸。以前手指滑过头发时总会缠绕自己滑溜的长发，现在则会抓个空。

我想，这样也不坏。感觉自己就像蛋白霜一样轻飘飘的。

我掬起河水含在口中，品尝清澈柔和的滋味，用湿漉漉的手再度梳理头发后站起身来。从无花果树叶的缝隙间漏下的阳光散落在小河的深处。

然后，我随兴致所至，在村子里溜达。

我从公交车站出发继续往前走，每隔十分钟左右就听见一次"啊！"的惊声尖叫。起初我以为是发生什么大事了，但仔细一想，那应该是从谷底蹦极台传来的叫声。

螳螂和吾亦红花都仍是当时的模样，民宿和旅馆外墙的污渍、锈迹增加了，但窗边挂着几条毛巾，看得出来还在营业。路旁地藏菩萨的身上围着漂亮的布巾，空空的罐装酒瓶中插着花瓣尽情舒展的鲜艳菊花，供奉的馒头也很有光泽。建在河边的公共澡堂、萧条的脱衣舞小屋、自动贩卖机……每一样都是让人怀念、触动心灵却又很想一把捏碎、让它消失不见的景色。

越过马路，穿过商店林立、屋顶因锈蚀而剥落的拱廊后能看到蓝天。这里曾经是以温泉街闻名的繁荣之地，几十年前因为突如其来的"秘汤"热潮而一举成名，全国各地的游客蜂拥而来。本来交通就不方便，来那么多人，住宿设施也不够，由此这个地方无法应对这种情况，于是，温泉热潮很快就冷却了。

现在时间还早，大部分店家的铁门都还没拉起。我突然想起外婆珍爱的那个用赛璐珞[1]制成的人偶。被推倒时，它会发出小小的声音，并闭上眼睛，但总是无法闭紧。

商店街的铁门也像那个人偶的眼睛一样，只打开底下一点点。店虽然关着，里面还有人住吧。我一边看着一间间的店铺，一边慢慢走着。

经过村子里唯一的蛋糕店时，通风口飘来一股甜腻的

---

[1] 以樟脑作为增塑剂，用硝酸纤维素制成的第一种塑料。

味道。水汽氤氲的橱窗中，草莓蛋糕和沙瓦琳水果蛋糕像标本一般，和以前一样并排而放。

妈妈酒醉时硬要塞进躺在床上的我的嘴里的杏仁布丁也是这家店的。是换人接管了吗？店里站着我不认识的女人。

蛋糕店隔壁是猪排店。店门紧紧关闭，铁门上贴着黑框白纸的讣告，空白的地方用圆珠笔写着"暂停营业"。日期已经是去年的了。

书店和眼镜店也关门了。书店旧址变成录像带出租店，但店里连普通的电影都不怎么有，门口下方和窗户上贴满了身穿性感内衣的女子的海报。只有如邮筒般竖立在旁边的"快乐家庭计划"贩卖机一如既往。

马路斜对面是日用品一应俱全，也是村子里的唯一一家超市，静静地继续营业。

仿佛时间静止，古老的都市在海底沉睡一样，超市的装饰灯泡像生命维持器般一闪一灭。

粗略看过一遍后，我觉得食材方面应该没什么问题。

田里有弯弯下垂的金黄色稻穗，新鲜蔬菜多到连动物都可以共享。而且我也不必像在城市里那样，需要特地使用净水器或购买矿泉水，现在只要到附近的山里，就二十四小时都可以弄到冰凉的山泉水。

辽阔的牧场里有牛、山羊和绵羊，不缺新鲜的牛奶，也可以挑战做奶酪。走远一点，还有养猪场和养鸡场，新鲜的猪肉、土鸡和土鸡蛋都可以到手。再说，现在是吃野味的季节，如果拜托猎人的话，应该可以享用他们捕获的猎物。而且，这村子虽然群山围绕，但离海也很近，只要开车前往，就能买到新鲜的鱼类和贝类。

山背面的陡坡上有一片葡萄园，本地产的葡萄酒并不差，当然，有米有水也可以酿出很好喝的日本酒。附近应该还有其他的果园和香草田，我感觉这个村子里有着不起眼却踏实耕种精致食材的生产者。乡下不容易买到的优质橄榄油和特别食材等通过网络购买即可。幸好妈妈也和一般人一样使用网络，只要拜托她，付一点钱，应该可以借用她的电脑。

放眼望去，大海、山脉、河流、田地，都是食材的宝库。跟城市比起来，这里简直是做梦才有的得天独厚的环境。

开店的想法已在我脑海中勾画出彩色的大理石花纹。

我猛然抬头，发现太阳已经快要沉入缓缓起伏的山丘一角。

那宛如初生鸡蛋的蛋黄般明亮的深橙色太阳。

在大都市的高楼间慢慢西沉的太阳固然很美，但这里的夕阳就像是大自然在向世人展示它自己的力量。要是遇上这样庄严的夕阳，人们才不会为图自己方便而妄用己力去扭曲自然吧！我小小的身体也因此拉出了木棒似的长长影子。

夜的气息从树林深处悄悄袭来。

我匆匆跑上石板路赶回家中，以免被黑暗吞噬。

这个时候，妈妈应该已经出门去 Amour 酒馆了。

由"夜"支配着一切的深夜降临。

整整一天一夜没睡的我筋疲力尽地睡着了，然后突然就被猫头鹰的叫声惊醒。

我没有拉上窗帘，看到正方形的窗框中有一颗星星闪耀着。星光微弱得好像我打个喷嚏就会让它消失。

起初，我还没想到那声音是"猫头鹰爷爷"。

毕竟，我离家已经十年了。

它不可能还活着，我认为它一定死了。

我连忙看钟，发现那时间准确得让我起鸡皮疙瘩。

它还活着，而且照样是十二点整发出声音。真是奇迹。

我数着它的叫声，没错，果然是十二次。

猫头鹰爷爷是很久以前就住在这房子阁楼上的猫头鹰。从我小时候起，它就没休息过一天，每晚十二点整叫十二次，咕，咕，咕……节奏的间隔如节拍器一般固定。

那准确度简直像有超能力似的，我还记得当时我幼小的心灵对此感到无比佩服：动物真是了不起。

妈妈坚信猫头鹰爷爷是这个家的守护神，我也坚信不疑。可是直到今天都没有人看过它的身影，因此更让我们觉得它很神圣。想不到猫头鹰爷爷还活着啊！

十年前，我迷迷糊糊地离家。今天我失恋了，又迷迷糊糊地回到这个家。这段时间，猫头鹰爷爷一直待在这里，每天继续相同的工作。

说猫头鹰爷爷是令我尊敬的存在并不为过。想到有猫头鹰爷爷守护，我感到踏实了许多。

回想起来，小时候许多个独自在家的寂寞夜晚，只要想到阁楼上有猫头鹰爷爷在，我就能够安心入睡。

我被一股安详的气氛包围着，终于紧紧地闭上眼睛，让这个漫长、是结束也是开始且值得纪念的一天平静落幕。

接下来的日子以老鹰飞过"乳房山"溪谷的速度飞快地度过。我在餐厅打工，一个人被当两个人用的时候虽然很辛苦，可现在比那个时候还严重，是我四分之一世纪的人生中最忙碌的阶段。

我并非不愿想起一起生活过的恋人,但实在没那个时间。

我的一天从照顾爱玛仕开始。我看了看妈妈交给我的饲养手册,里面详细记载着爱玛仕的饮食内容和注意事项。其中很好笑的一点是,妈妈在食量方面写着:"吃太多会变成猪,要控制食量。"对妈妈来说,爱玛仕的存在已经不仅仅是被饲养的猪。

我以为"爱玛仕"这个名字是喜欢名牌的妈妈随意取的,后来才知道这个名字是这只猪的品种"兰德瑞斯"(Landrace)的"L"和女性的"雌"(mesu)的联合造词 L-mesu[1]。

根据妈妈的养猪笔记,兰德瑞斯猪是由原产于丹麦的猪改良成英国人早餐吃的火腿所用猪的品种,是头小身长的漂亮白猪。和与其品种相近的大约克夏猪及中约克夏猪相比,这种猪的特征是脸比较长,耳朵下垂。

---

[1] L-mesu 的日文发音和法国奢侈品品牌爱马仕(Hermès)的日文发音相同。

的确，爱玛仕的名字让人印象深刻，是只长相优雅的猪。听人家说猪爱干净，果然没错，它吃饭的地方和排泄的地方都清楚分开且固定不变。

根据饲养手册，爱玛仕于出生后四个星期左右被送到妈妈这里。母猪大概有十四个乳头，仔猪出生后立刻凭自己的力量抢夺各自专用的乳头。强壮的仔猪独占出奶多的乳头，虚弱的仔猪则因得不到营养而变得越发孱弱。

那些和兄弟姐妹竞争失败、不能充分吃到母乳和离乳饲料的仔猪都会发育不良。爱玛仕就是如此，出生时体重只有一千克，送来时才三千克，比一般仔猪小很多，就在被送去肉食品加工厂之前转给了妈妈。

不知道是不是因为营养不良的关系，爱玛仕在四个月大的发情期时并没有发情。之后也没有交配、生产，就和妈妈一起在这栋琉璃子御殿里生活。

屋后的田地属于爱玛仕。那种独特的味道就是爱玛仕的粪便味，也因为有这个堆肥场，田里的蔬菜才那么有光泽。

妈妈对人吃的东西毫不费心，却只给爱玛仕喂有机食物。田里种的蔬菜当然都是无农药、无化学肥料的，其他饲料也都是以非转基因的玉米和豆粕等植物为主要原料的混合饲料。更讲究的是，妈妈还把用天然酵母做的手工面包当成爱玛仕早餐吃的甜点，每一个面包都是从东京的名店邮购而来的。

大概是吃得太好，爱玛仕的毛确实很有光泽，尾巴也常常卷成圆圈，脸上总带着微笑似的幸福表情。

可是，我没有供应那种高级面包的经济余力，只能自己做。

季节正好，我跟熊桑要来一些他家院子里种的无农药的酸甜苹果，用来做酵母。

晚上睡觉前揉好面团，早上天一亮就起床，一边听着小鸟的合唱，一边把揉好的面包放进烤箱。虽然是很累人的工作，但烤面包是我原本就很喜欢的事情，只要将其融入一天的生活节奏，就不会那么辛苦。

起初，爱玛仕好像能够分辨味道、形状以及原料的微妙不同，对我烤的面包不屑一顾。即使她是一只猪，不吃我苦心做好的食物还是令我感到泄气，于是我更要想办法做出改良，直到她肯吃。

我发现妈妈的饲养手册里写道，爱玛仕喜欢吃树木果实，因此我试着在面团里加入橡果。结果，她终于肯吃我烤的面包了。

从那天起，我都会在天然酵母面包中加入从树林里找到的树木果实，烤出爱玛仕喜欢吃的面包。渐渐地，我也对爱玛仕产生了亲近感。

看到体重轻轻松松就超过了一百千克的圆滚滚的爱玛仕嚼啊嚼地专心吃我烤的面包时，我就像看着和自己有血缘关系的妹妹一样，觉得不可思议。我虽然反感溺爱爱玛仕的妈妈，但不知为什么，我对被妈妈溺爱的爱玛仕却产生不了嫉妒的情感。

当爱玛仕大口咀嚼她的食物时，我便换上长靴，打扫猪舍。

猪怕热，所以猪舍的上方开着，以利于通风。冬天时，上面要盖上亚克力板以适度防寒，但每天都要掀开一次，让里面的空气得以流通。地面是水泥地，要撒上木屑和稻壳，隔天早上再把它们和猪粪扫成一堆，装进水桶，送到田里的堆肥场。

我做完这些工作，草草吃完早餐后，便开始了新食堂的准备工作。一开始便在脑中决定好只有"食堂"这两个字，我不是要开咖啡厅、酒吧，也不是小酒馆，就是食堂。

我把多余的布裁剪、缝制成桌巾，到镇上去挑选符合我想象的椅子，也跟妈妈借了电脑，上网订购烹调器具。我每天要做的事情有好多好多。

在这期间，我连一句话都没和别人说过。所有事情都用笔、手势、动作来表达。每天虽然忙碌，但是心情雀跃。

亲力亲为地帮我做这些准备工作的，是我回来第一天在无花果树下重逢的熊桑。熊桑是土生土长的本地人，人脉很广，对自然也非常熟悉，是我在这个陌生的家乡最好的顾问。一有困难，只要去找熊桑，几乎都能解决。

食堂的内部装潢几乎是熊桑和我齐心协力完成的。

像伐木、搬木材、钉钉子这些吃力的工作都拜托熊桑，刷油漆、打蜡、贴瓷砖等则是我自己做。每次开始动手干时，我脑海中就会立刻涌现出无尽的创意。两个人每天都干到太阳下山，但还是有许多事情没做完。

山上的树木一天天变了颜色，白昼的时间越来越短。

我希望新开的食堂是人们明明第一次来，却觉得似曾相识的不可思议的空间。希望它是一个让每个人都可以放松、找回自己的秘密洞穴般的场所。

我想让内部装潢柔和又可爱。

大约费时一个月，食堂完工了，相当接近我脑海中构思出来的样子。

地面是水泥地铺上软木，上面再铺红土陶砖，冬天时再覆上暖色系的可爱地毯。桌子是熊桑送我的，是他那做木工的父亲生前所做的栗木桌子。虽然年代久远，却还很坚固，有着很难说是东洋风还是西洋风的独特风格，颜色已经褪成麦芽糖色，给人的感觉很好。

椅子是我在镇上的旧家具店里找到的，原本为音乐堂所用。这是一把小木椅，座位部分用细绳编织而成。我把木头的部分漆成土耳其蓝，它便焕然一新，成了迷人的椅子。

内墙部分我则直接在石灰墙上涂上天然涂料，是带点橘红的浅蛋黄色。然后由熊桑从中交涉，请住在村里的外国艺术家，用科克托[1]般的轻松笔触，在屋子深处的一面墙上画了有天使翅膀的观音像。那幅画就像自远古时代以来便存在于那里似的融入整个空间。

熊桑还从邻镇被废弃了的中学里弄来了一个火炉。而我自己最喜欢的是本来沉睡在熊桑邻居仓库里的那盏制于大正时代的点蜡式玻璃吊灯。

桌子一张就够了，但我觉得一定要有一张沙发床。客

---

[1] 让·科克托（1889—1963），法国先锋派诗人、剧作家、画家。——编者注

人吃饱后想休息时便可以立刻躺下，尤其是开车来的客人，喝了酒以后可以在那里休息一下。而且，万一我跟妈妈吵架被赶出主屋，想到食堂里有地方可睡也会令我安心不少。

沙发床是用几个装酒的木箱排在一起做成的。木箱是我跟邻镇的大型量贩店要的，还请熊桑用小货车载回来。我在沙发床上铺上用网购来的乡村风格的小花布做成的垫被，又用同种布料缝了靠垫放在上面。毛毯则用的是澳大利亚产的格纹毛毯。

洗手间的整面墙都贴上了瓷砖，我还用不同颜色的瓷砖贴成一对鸟的形状，因为是即兴之作，有一种原始淳朴的感觉，效果相当好。不论食物多么美味，只要洗手间肮脏，一切就都毁了。因此尽管其他方面我都很节省，洗手间却花了很多钱，装上了最新式的自动马桶。墙上还开了个小窗，成了一个非常舒适的空间。

我在食堂与大马路的连接处用不同颜色的河畔小石子铺成"Welcome"的图案，两边种上我喜欢的覆盆子、蓝莓和野草莓。外墙则请本地的泥瓦匠把旧的瓦檐打碎，和上水泥漆成深粉红色，再嵌上从附近海滩捡来的贝壳作为装饰。

决定别人对食堂印象的大门是我在网上拍到的。

奈空带来的这间样板房本来有大门，但铝门和食堂的氛围不搭。我挑选的是一扇深褐色、倒 U 字形、法国制造的门，钉上从山里捡来、有点像蜥蜴形状的铁块当门把。

我和熊桑都相当满意赶工完成的食堂所营造出来的氛围。

其他装潢等食堂正式开张后再慢慢完成即可。

我工作的厨房也多亏有熊桑帮忙，好得超乎预期。我立刻把带回来的米糠酱瓮从妈妈那肮脏的厨房移到我干净的厨房里。

我对厨房最大的要求是：明亮、整洁、使用方便。

我做菜只用最基本的厨具，不需要洗碗机、微波炉和电饭锅。非要不可的冰箱、料理台、煤气炉和烤箱都是我从当地最近歇业的一家中华料理店那里便宜购入的。

洗碗槽跟新的一样亮晶晶的,而且刚好适合个头矮小的我使用。利用白铁桶费力做出来的排气扇看起来充满童趣,而最让我满意的是,西边的墙打掉了,装上了整面玻璃。于是,我可以在美丽的光线中做菜。

推开门就是我的香草花园。上面架着熊桑用间伐材帮我做的梁,随意地挂着野藤编的篮子。

我打工时见过许多厨房,这样完美的厨房还是第一次看到。多亏妈妈借给我钱,我才买到一把专用菜刀,如此一来,最基本的烹调器具一应俱全。

餐具数量虽少,但十分齐全,多半是妈妈塞在壁橱深处的东西。那是当年外婆为妈妈准备的嫁妆,全都没有用过。其中有大正时代和维多利亚时代的彩色杯子、越南的青花瓷大碗、古伊万里的小碟子、理查德·基诺里[1]的雪

---

[1] 意大利最古老的瓷器品牌,自1735年卡洛·基诺里侯爵在意大利佛罗伦萨兴建瓷窑开始闻名于世。

白汤碗,就连已经停产、设计古典的巴卡拉[1]水晶香槟杯都有。外婆那熟悉的字迹出现在写有说明的贴纸上,贴在每件餐具的后面。

妈妈把这些东西当作开张贺礼送给我。妈妈的价值观和我刚好是相反的,若是在平常,这一点总会令我焦虑难耐,此时却让我感到庆幸。妈妈眼中的破烂对我来说是珍宝。我想,女系家族的气质必定是隔代遗传的吧。

也就是说,妈妈为了反抗她过于贞洁的母亲,选择了与之完全相反的放浪生活,而被这种母亲抚养长大的我又不愿像她一样,因而反抗她,选择了与她完全相反的踏实生活。就像永远无法终止的黑白棋游戏一样,母亲涂上白色的地方,女儿就拼命把它涂成黑色,外孙女又努力把它还原成白色。

我把这些餐具收到原本就放在储藏室里的茶具柜中。在我用清水擦拭柜子内外后,茶具柜恢复了漂亮的外观,就放

---

[1] 法国著名水晶制品品牌。

在客人进餐时可以远眺整座"乳房山"的窗户下。

食堂开张已进入倒计时阶段。

有一天,熊桑骑着成人专用的三轮车来我这里。车是电动式的,可以不消耗体力地载运较重的货物。或许这种特殊的三轮车有正式的名称吧,但我不知道。它有两个后轮,上面放着大篮子,也装有用于确认后方路况的后视镜。

熊桑握着电动三轮车的把手高兴地笑着说:"这个送给你,以前是给西妞丽塔骑的,可现在已经没人用了,你愿意的话,就拿去用吧。"

他接着说:"油漆借一下。"说罢便拿起我刷椅子用的土耳其蓝色油漆,直接往有点生锈的电动三轮车上刷。

我过意不去,一次又一次地拍拍熊桑的背,摆动着双手做出不要的手势。毕竟这是熊桑送给他心爱的西妞丽塔的珍贵礼物,身为外人的我不能接受。

我想表达这份心情,可是他不理我,瞬间就把锈迹斑斑的电动三轮车漆成可爱的土耳其蓝色。接着，熊桑缓缓地问道："对了，店名也叫 Amour 吗？"

我惊慌失措，赶紧拼命地摆手。

光忙着准备开店，我居然完全忘了这么重要的事。但是，我绝对、绝对不要用 Amour 这个名字。如果用了这个名字，我和熊桑辛辛苦苦耗费一个月建成的这个空间就被完全毁了。

深夜回到家里，我裹着棉被一直想这件事。到了十二点整，听到猫头鹰爷爷的声音后我突然灵光一闪：叫"蜗牛食堂"如何？

不到几秒的工夫，我心中就已完全确定新开的食堂就叫"蜗牛食堂"。

就是这样。

我像瑞士卷一样卷着棉被，敲着手指。

我要把那小小的空间像书包一样背在身上，慢慢前行。

我和食堂是一心同体的。

一旦进入这个壳，对我来说，这里就是安居之地。

第二天早上一醒来，我就立刻拨打熊桑的手机。

我还是发不出声音，于是事前约好了用音乐做信号。

那是熊桑亲自挑选的歌曲，来自许久前风靡一时的女歌手。可能带走女儿的西妞丽塔以前常在 Amour 酒馆的卡拉 OK 唱这首歌吧。我把熊桑转录的那盒磁带和播放器放在篮子里随身携带。

沟通的方法虽然少，却都很管用。

以实际情况来说，我虽然发不出声音，但并没有别人想象得那样痛苦。我本来就不爱说话，独自生活时，这种状况也不算异常。

这一次，熊桑也是一听到歌曲开头部分的甜美歌声，便立刻开着小货车赶到我这边。

我用石头在地上写出"蜗牛食堂"四个大字，然后以像是用了透明马克笔在脸上写着"如何？"的表情看着他。最近不需要一一笔谈，我也可以和熊桑进行心灵的沟通。

熊桑说："很好啊！"

于是，我们立刻在昨天漆成土耳其蓝的电动三轮车后面那个篮子的木板上，用白油漆写下了"蜗牛食堂"这四个大字，气势十足。

我好喜欢熊桑那随意挥洒但充满爱意的字。

我们也决定以后就称呼这辆成人专用电动三轮车为"蜗牛号"。

我立刻试骑，顺便开启"驾蜗牛号环山谷安静小村一星期之旅"。

本来我因为没有驾照，内心实在有些惶恐。在都市里，人们就算没有车子也能活下去，但是在这偏僻的乡下小村庄，没有车子的话，很多事都没办法做。要是一有事情就叫熊桑过来，我也觉得很不好意思。

现在有了蜗牛号，我甚至可以自己去村中心。途中虽然有段山路没铺柏油，但骑到那里可以下车推行。我心怀感激，谨慎地使用着这辆熊桑送给西妞丽塔的蜗牛号。

跨坐在沿着颠簸不平的山路缓慢前进的蜗牛号上面，我仰望着深秋的蓝天。

水母般的薄薄云层布满天空,那没有心脏和骨骼的巨大水母正伸展着触角。我吸入了满腔空气。海边飞来的老鹰在我头顶悠悠盘旋,一边发出尖锐的叫声,一边飞向"乳房山"。森林深处有着生物蠢动的气息。

我在路上发现了一棵山葡萄树。含一粒葡萄在口中,涩中带着甜酸。虽然不能生吃,但这突然让我有了灵感。我赶在野熊吃掉这些山葡萄以前进行了采摘。我摘了许多,装了满满一塑料袋圆圆的深紫色山葡萄,放进蜗牛号的篮子里。途中我还看到掉落在地上的橡果,能捡多少就捡多少,全都装进塑料袋里,也一起放进蜗牛号的篮子里。我打算煮熟、晒干橡果后将其保存起来,以加到爱玛仕吃的面包里。

我一心期盼的蜗牛食堂就要诞生了。

每天我也还是会踩到一次爱玛仕的粪便,会被带刺的栗子砸到头,或差点被路边的小石头绊倒,但是遇到小小幸福的时刻比起住在城里时多了许多。

光是救起一只翻倒在地的团子虫,对我来说都是与幸福的邂逅。握着刚产下的鸡蛋，将它贴在脸颊上感受那份温暖，发现被朝露打湿的叶子上那比钻石还漂亮的水珠，以及喝着用长在竹林入口处那如蕾丝杯垫般美丽的长裙竹荪煮成的味噌汤，这些都是令我想亲吻神的脸颊以表感谢的幸福事。

在我脑中，蜗牛食堂几乎已经成形。

那是间一天只接待一桌客人，有点与众不同的食堂。

在用餐前一天，我会先和客人面谈，或是通过传真和电子邮件与客人进行沟通，详细询问对方想吃什么、其家庭结构、将来的梦想以及预算等，再根据询问结果来设计当天的菜单。

如果用餐时间太晚，旁边 Amour 酒馆的卡拉 OK 和谈话声会很吵，因此，我希望晚餐能尽量在六点左右开始。而且，为了符合"蜗牛食堂"这个名字，给予客人充分的时间慢慢品尝菜肴，店内不会放置时钟，只在必要时使用厨房里的定时器。

烟味会影响食物的味道，因此食堂内全面禁烟。为了让客人听到厨房里做菜的声音,感受户外小鸟和其他生物的气息,食堂里也不播放音乐。

我闭上眼睛,蜗牛食堂似乎就这样慢慢开张了。

我骑着蜗牛号环绕着小村游了一个星期回来时,熊桑正在劈从山里捡来的木头,帮我准备火炉用的燃料。

我拿出笔谈本,写下信息,趁他休息的空当问他:"熊桑想吃什么?请尽管要求。"

好像在跟喜欢的男孩告白一样,我有点不好意思。字都在笑我,是紧张得手发抖吗?

其实这是我心中早就决定好的事情。

是送给熊桑帮我准备开店的谢礼。若要送他金钱或其他礼物,老实说,现在的我做不到,但是我可以做菜。如果对方是熊桑,我百分之百确信自己能全心全意地为他做料理。

这个完全出乎熊桑意料的问题让他露出一种原以为是甜的,没想到吃下后发现竟然是苦的东西的表情,他噘起了嘴唇。

"想吃的东西啊……"他突然沉默了下来,不再理会这个问题,重新开始劈柴。

但没隔多久,熊桑嘀嘀咕咕地谈起了西妞丽塔。看来他一想到饭菜,就必然会想到西妞丽塔和他心爱的女儿。

我也一样。回到家乡后,即使小小的幸福时刻增加了,我偶尔也还是会想起恋人。伤口不但没有愈合,反而日益加深。

到镇上时,看到背影像他的男人,我总会错以为那是来接我的恋人,非得冲到他前面回头确认一下不可。光是闻到类似恋人皮肤下散发出的那种香料的味道,我就会像巴甫洛夫[1]的狗一样热泪盈眶。

做料理的时候更是如此。每次进厨房套上围裙,他那微黑的皮肤、闪亮的白牙、深邃的目光和高挺的鼻梁就会像幽灵般在我的脑海中一一苏醒。印度和土耳其像是混合

---

[1] 俄罗斯生理学家、心理学家、诺贝尔生理学或医学奖得主,发现了食物之外的无关刺激可以使狗分泌唾液。

了两种颜色的黏土做成的球,"扑通"一声飞进我的胸口。恋人不告而别给我带来的无力感没有任何东西可以弥补、替换。

熊桑一边劈柴一边告诉我,西妞丽塔做的第一道料理是咖喱。然后,他带着像在眺望遥远阿根廷似的缥缈眼神说:"说起来,我每天都吃老妈做的菜,最近都没吃咖喱了。"

听到这句话的瞬间,我在心中比出一个胜利的手势,决定为熊桑做一份最好吃的咖喱饭。

对我来说,咖喱也是充满回忆的食物,之前不知为恋人做了多少次,因为对印度籍的恋人而言,咖喱是家乡的味道。

等熊桑劈完柴,我们一起吃了锅烧乌龙面后,我把刚才摘回来的山葡萄洗净、熬煮,用来酿造巴萨米克醋[1]。

这种醋的成熟是在十二年后。到时会变成什么味道

---

[1] 一种原产于意大利的传统陈醋。

呢？我闭着眼睛想象。

或许中途会失败吧，但我仍愿自己十二年后还是能怀着这样新奇的心情站在厨房里。带着那股强烈的愿望，我小心翼翼地把巴萨米克醋装到煮沸消毒的瓶中。

开业当天，我挺起胸膛走出家门，大步走向蜗牛食堂，和我感情已经非常好的爱玛仕在我身后为我加油。

与蜗牛食堂的名字相呼应，这山谷中的宁静小村大清早就下着雾雨。我抬起头，像真的蜗牛一般享受雨水的洗礼。

昨天下午花了半天时间做好的牌子在雾雨中湿透了。那是我拜托熊桑帮忙做的，他砍下约十厘米厚的树干，锯成蜗牛的形状，然后我再用黄色油漆，以幼儿园孩童般蹩脚的字写下"蜗牛食堂"四个字。

我把手掌放在牌子上，拿出唯我独有的钥匙，慢慢打开蜗牛食堂的门。嘎吱嘎吱，嘎吱嘎吱，我还不熟悉的倒U字形大门仿佛意志很坚定般地发出了深思熟虑的声音。

因为是一天只能有一桌客人预约的食堂，所以我并没有特别宣传。但中午时分，奈空派人送来一个很大的花篮以表祝贺，大概是妈妈告诉他的。

就是小钢珠店开张时，门口排了一长列的那种色彩缤纷的花篮。他的好意令我高兴，但我还是急忙把它搬到酒馆后面。要是门前摆着这种花篮，我为蜗牛食堂精心营造出来的朴素、温暖的气氛就被毁了。

然后，我就开始仔细思考，要做什么样的咖喱给熊桑享用？

曾经有几个晚上，我因为想得太多而睡不着。不论我怎么探询，想知道具体是什么样的咖喱，熊桑都只是淡淡地说"咖喱"，这让我完全摸不着头脑。

起初，我想重现西妞丽塔做的咖喱。

先不论熊桑的记忆有多模糊，只是我再怎么模仿，也无法超越熊桑在当时那种心理状态下吃到的西妞丽塔做的咖喱。看来，我还是做我自己的咖喱吧。思量了许久后，我决定做石榴咖喱。季节正好，树林深处还有石榴挂在枝头。

石榴咖喱的食谱是在土耳其餐厅工作的伊朗朋友教给我的。因为放入大量石榴，所以这道菜会呈现出漂亮的红宝石色，入口以后，那种甜中带酸的味道会令人整个下巴都紧缩起来。

当时品尝这道菜的时候，明明没去过也没见过，我却仿佛看到了暗褐色的伊朗荒野，而且当下暗自决定，将来和恋人一起开店的时候，一定要把这道菜列入菜单，介绍给国人。真是值得纪念的咖喱。

石榴是我前一天独自上山时爬到树上摘下来的，只摘了需要的分量。尽量使用本地食材是我筹备蜗牛食堂时就定下的基本方针。

我爬到树上时先尝了一下石榴。比我想象中酸甜得多，涩味也重，是唤醒体内所有细胞的味道，和市区超市里那种包装精美、毫无野味的石榴完全不同。现在，那些石榴就在料理台上，安静地等着上场。

炉灶一生起火，立刻就涌出一股神圣的气氛。我绑好崭新围裙的带子，把布巾缠到头上，再用肥皂使劲搓洗双手。

我的头和尼姑没什么两样。回到家乡的第一天，我在无花果树上剪掉长发，但就连当时那样的长度我也还是觉得麻烦，隔两天就又到村外的理发店去剃光了。现在，我自己每三天剃一次。一方面是防止头发掉进食物里，另一方面，我已经没有让自己看起来美丽的那种愿望。

为防止异物混入食物，我甚至连眉毛都想剃光，不过还是及时收住了手。我自己倒是无所谓，但可不能吓到客人。

亮晶晶的料理台上，石榴、洋葱、牛肉都迫不及待地等着我料理它们。

我用洗干净的手掌轻轻触摸这些食材，像在怜爱刚出生的小生命，一样一样地把它们捧起来凑到脸旁，闭眼几秒同它们对谈。

并没有谁教过我这么做，但我在做菜以前，总是会进行这个仪式。

我把脸凑近食材，用鼻子闻它们，用耳朵倾听它们的"声音"。我用力闻着，确定它们各自的状态，询问它们想要被怎样料理。这么做之后，它们会主动告诉我怎么料理它们最好。

当然，这或许是我神经过敏，但我确实能听到它们发出来的微弱声音。

于是，我在心中向料理之神下跪祈祷：请保佑我顺利做出美味的咖喱吧。保佑我不让这些食材失望、受伤、浪费，能让它们成就一锅美味的咖喱。

感觉我的祈祷确实传达给料理之神后，我慢慢地睁开眼睛，埋首在料理的世界里。

我想切洋葱，但就在动刀几秒后泪水突然涌出，我不觉咬紧了牙根。是洋葱的辛辣刺激了眼睛，还是对恋人的回忆沁入心里，我自己也不知道。大滴泪珠就像产在沙滩上的海龟蛋，滚滚滑落脸颊。可即便如此，我还是继续切着洋葱。

结果，在做这道石榴咖喱的过程中，我几乎一直在流泪。

和恋人的点滴回忆慢慢从我的记忆盒子里化成眼泪落下。我脑袋一片空白地离开城市回到家乡后，立刻忙着准备开蜗牛食堂，一直避免让自己去想这件事情。而如今，压抑多时的情绪一举喷发出来。

和恋人的回忆就像魔术师变出来的廉价的彩色尼龙手帕，一条接一条地出现在我的眼前，把我眼中的景色染成了"乡愁"之色。就因为这样，我看不清自己炒的洋葱的色泽。

虽然如此，几十分钟后，石榴咖喱的甜酸香味仍弥漫了整间厨房。

到了傍晚约定的时间，熊桑开着小货车准时来到。

平常我见他时他都是穿着工作服，因此，乍看之下我还以为是黑社会上门来了，所以感到害怕。是来收保护费的？还是对妈妈有积怨的人？在城市里，十分有可能出现这种情形。

为小心起见，我准备去厨房拿防身用的研磨棒，这时才发现那是熊桑，因为他用跟平常一样悠闲的语调说了声："辛苦你了。"

我打开蜗牛食堂的门，整理了一下自己的心情，欢迎今天的客人熊桑。从今天开始，我就成为真正的职业料理人了。

熊桑穿着黑色西装，打着鲜艳的红色领带，日渐稀疏的头发全都用发胶固定住，只有脚那里还是我所认识的熊桑。那双总是沾满泥土和树叶的长靴就像鱼市里翻了个身的金枪鱼肚，被擦得亮晶晶的。

熊桑在仔细检查他所安装的吊灯是否稳当，以及地板上的陶砖有没有浮起后才坐到座位上。

我从围裙口袋里拿出写着"请稍候"的卡片给他看，然后快步回到厨房，给石榴咖喱做最后的调味。这期间，熊桑抽着粗粗的雪茄等待着。其实食堂是禁烟的，但熊桑是特别的客人，所以今天我可以睁一只眼闭一只眼，便立刻把烟灰缸递给他。

我仔细尝过石榴咖喱的味道后，将其均匀浇在刚煮好的奶油饭上，然后迅速端到熊桑面前。配菜是米糠酱腌萝卜。如果是今年夏天腌的鳕鱼更好，可惜不知被谁拿到哪里去了。

我放上崭新的木头汤匙后深深鞠了一躬，然后安静地回到厨房，轻轻拉上隔开厨房和餐厅的布帘。

就等熊桑品尝石榴咖喱了。

我怎么样也没办法直视除恋人以外的人吃我所煮的料理时的样子。对我来说，那是比用放大镜仔细观察性器官和乳头还令人羞耻的行为。

但我还是很在意熊桑的反应。

听到熊桑低声说"我开动喽"，然后开始吃我做的石榴咖喱后，我拉开布帘一角，用小镜子观察熊桑的侧脸。

我调整镜子的角度，以窥视熊桑的表情。每当镜子反射出光线时，这些光线就像白蝴蝶飞舞似的在熊桑的脸上移动。

熊桑却毫不在意，默默吃着他的石榴咖喱。完全没有表情。不知是觉得好吃还是难吃，他就是一声不响。

我的紧张到达最高点。

会不会在我没注意的时候眼泪掉进去了，令咖喱的味道变得很奇怪？

事情发展至此，凡事喜欢钻牛角尖又胆小的我完全失去今后当职业料理人的自信。

啊，料理爱好者和职业料理人果然是天差地别。一想到这儿，我恨不得立刻抢下熊桑手里吃了一半的石榴咖喱，然后把它全部倒进洗碗槽冲走。

都怪我没有好好思考符合熊桑口味的菜单。

明明请他吃和风咖喱、猪排咖喱、汉堡排咖喱这些带着甜味的正统普通咖喱就好了。明明就不是可以让我在那里痛哭流涕、沉浸于回忆恋人的时候。又或许是腌萝卜不好吃？可能是环境发生改变，米糠酱变质，毁了腌菜的味道？怎么办？这样下去，一切只是自我满足罢了。

正当我左想右想、几乎要哭出来的时候，熊桑在这个绝妙的时间点嘀咕道："小苹，我还是头一次吃到这样的咖喱呃。"

熊桑也不管我是不是躲在布帘后面，就对着厨房门说。那时，我已经泪眼模糊。刚才是心虚地哭，现在则是喜极而泣。

熊桑感慨地说："好想让西妞丽塔和我女儿吃吃看。"

仔细一看，我的镜子里映出对着石榴咖喱一脸灿烂的熊桑。

就结果来说，石榴咖喱非常成功。我完全松了口气，开始准备最后要上的美式咖啡。

我有一个可以引以为傲的特殊技能。只要一看到脸，我就能知道这个人是喜欢红茶还是喜欢咖啡。而如果喜欢咖啡，我还会知道这人现在想喝的是什么样的咖啡。这大概跟我进城后前几年在一家大型咖啡连锁店当收银员有关吧。

我看着客人的脸，听他们点餐，总觉得自己知道他们要点什么，而且几乎有百分之九十五的命中率。

熊桑喝光最后的美式咖啡，一再跟我道谢。虽然我一再拒收，他还是把庆祝开店的礼物——松茸硬塞进我的围裙口袋里，然后沿着夕阳余晖映照下的山路慢慢地回家了。

当天早上，熊桑特地上山摘来了这些蕈伞未开的新鲜松茸。我的围裙口袋里散发出珍贵松茸的香气。人家特地赠送的礼物，总觉得趁早吃了才好，于是当天晚上我就享用了松茸饭和松茸土瓶蒸。

在厨房里，水蒸气氤氲了窗玻璃，一回神时，上午还下着的雨已经停了。窗外是一片美丽的晚霞，就像地球被浸在一个装了蜂蜜的巨大瓶子里。

我的手上只剩下吃得干干净净、用来盛石榴咖喱的盘子。

奇迹在第二天上午十点半过后发生。

带着女儿进城的西妞丽塔竟然回家了。

熊桑兴奋地跑到我这里，似乎匆忙过头了，他左右脚上的长靴还不是同一双。

我仔细听他说了一会儿，原来西妞丽塔只是回来拿忘记带走的重要东西，连杯茶都没喝就走了。

不过，熊桑还是很认真。他高兴地说："她如果不留恋，再怎么样都不会回来的。"任何人都没有权利打破另一个人的美梦，因此，我只是乖乖地点点头，倾听熊桑述说。

熊桑擅自下了结论，说这是因为吃了石榴咖喱。我觉得不可能，只是偶然罢了，但熊桑一直强调昨天吃的石榴咖喱味道有多么特别，并眼中含泪地向我道谢。他用力握住我的手，力道大得几乎要捏碎我的手指骨，然后兴致勃勃地回去了。

不管怎么说，能带给熊桑超乎他预期的喜悦真的让我觉得非常荣幸。

熊桑好像从这件事情中得到了某些灵感。几天后，他带着住在他家隔壁的"小老婆"来到蜗牛食堂。当然，虽然我们叫那个人"小老婆"，但她并不是熊桑的小老婆。

在这个山谷的宁静小村里没有人不知道这个人。她非常有名，我从小就知道她的事情，不过我很害怕，从来没有开口问过，因为她一年四季都穿着一身漆黑的丧服。小老婆原本是本地一个有权有势之士的小妾。那个男人很久以前就过世了，听说是在小老婆家断气的，大老婆立刻把遗体接走，只留下小老婆独自在家。据说她在家里笑了三天三夜。爱聊八卦的妈妈常常在 Amour 酒馆和熟客们一边喝酒一边聊这件事，我也不知道是真是假，只听说当时她的笑声响彻了整个村庄。

为什么不是哭声而是笑声呢？经验尚浅的我只能凭空想象，或许是小老婆的哭声像笑声吧。

自那时起，小老婆的性格迥然大变，成了一个沉默寡言的老太太，而且只穿丧服。也就是说，小老婆在那个男人死后一直为他守丧至今。

熊桑以前就很关心她。她原本性格开朗，自己也没有小孩，就从熊桑小时候起开始疼他，视他如己出。因此熊桑跑来找我商量，希望能回报这份恩情。而且蜗牛食堂里的吊灯就是这个小老婆送的,我也正想着回送给她什么礼物。

那天,小老婆一如往常地穿着一身漆黑的丧服,现身蜗牛食堂。

她的脚好像有点不听使唤,拄着拐杖,每向前走一步都像快跌倒似的。她始终低着头,我看不到表情。和我小时候的印象一样,虽然失礼,但她怎么看都像个幽灵。也许是真的吧,可我实在无法相信这个沉默寡言的老太太曾有过熊桑形容的开朗时代。

几天前,熊桑陪着小老婆来到蜗牛食堂,接受了我的面谈。虽然我试着笔谈,可是她就像镜子般沉默不语,丝毫问不出想吃的食物。既然从小老婆那里问不出来,我只能靠自己的判断来决定菜单。

起初,我想的是撷取大地恩赐、抚慰身心的菜单,像是美味香菇丝、胡麻豆腐、根菜汤、茶碗蒸等外婆教给我的食谱。可是仔细想过后,我觉得那样没什么意义,于是完全舍弃了那些想法。

冥思苦想之后，我终于想到可以用食物来表现喜怒哀乐：甜的死甜、辣的呛辣，对比强烈，味道刺激。这肯定是小老婆从来不曾享用过的味觉飨宴。

我想做出让小老婆心中呈假死状态的细胞再次苏醒并活动的食物。

我为这个守了几十年丧的小老婆想的菜单如下：

- 木天蓼酒调制的鸡尾酒
- 米糠酱渍苹果
- 橄榄油拌生蚝和生甘鲷
- 整只比内地鸡炖的参鸡汤
- 用新米做成的乌鱼子炖饭
- 烤小羊肉和蒜炒野菇
- 柚子冰沙
- 马斯卡邦奶酪做的提拉米苏配香草冰激凌
- 浓郁的 Espresso 咖啡

虽然有点担心这份菜单不适合年事已高的小老婆，因为分量很多，还大量使用了乳制品，可是我真的很想借食物向小老婆传达她所不知道的世界还无限宽广这一想法。虽然这想法很天真，但我希望可以再一次打开她关闭已久的心门。我抱着这样的期待。

而且，就算她全都剩下来没吃，那我自己吃掉就是了。抱着豁出去的心态，我花了几天的工夫准备。前菜用的生蚝和甘鲷是我天一亮就坐熊桑的小货车到渔港去亲自挑选的好货。经过处理的比内地鸡整只都被放进了锅里，在汤中扭动。用来自同一头牛的牛奶和鲜奶油，以及马斯卡邦奶酪做的提拉米苏也已经完成，在冰箱中休息。

我把保暖用的小毯递给慢慢就座的小老婆，让她搭在膝盖上，然后给她看这句话：我正在准备，请稍等一会儿。

我把用白葡萄酒和木天蓼酒混合调成的鸡尾酒倒在漂亮的香槟杯里，当作餐前酒端了出去。

木天蓼酒是熊桑用附近树林里虫子吃过的树果酿制了

七年的甜酒，原料是美味到连虫子都爱吃的果实呢。为了让味道丰富一些，我还加了白葡萄酒。

附近酒庄酿制的白葡萄酒含有清爽的果香，和浓烈的木天蓼酒非常相配。两种酒混合后变成像溶入了金粉似的深琥珀色。

我回头望去，小老婆送我的吊灯的光芒映在香槟杯上，看起来如同万花筒一般。

送小老婆来的熊桑在窗外举起一只手，朝我使了个眼色，见我点头以后，便开着小货车离去。

我随即把准备好的米糠酱渍苹果放到小老婆面前。

苹果带皮切半，全都撒上盐，放在米糠酱瓮里腌两天。腌好的苹果拿出来以后要放置一段时间，像醒红酒那样接触一会儿空气，让味道更醇厚，因此我在她来以前就把腌苹果拿出来准备了。苹果的甘甜加上盐的咸味，成就了一道别致的前菜。

我在心中恭敬地说了声"请慢用"，像谢幕的芭蕾舞演员般深深鞠了一躬，快步走回厨房，然后把参鸡汤放到炉灶上，用小火慢慢加热。

掀开锅盖，只见扭动着身躯的土鸡在麦芽糖色的汤中扑哧扑哧地浮沉，我不禁想起几天前宰杀这只鸡的情景。养鸡场的人抓住想逃跑的鸡，用力掐住它的脖子，然后按住鸡爪子，拔掉它脖子上的毛，再用菜刀切断它的颈动脉，鸡脖子上流出鲜红色的血。都已经这样了，它却还活着，爪子和翅膀不停地乱动。

我好几次想移开视线。以前光是看到自己的经血和别人的鼻血，我都会害怕得差点晕倒，但此刻我必须睁眼看着，拼命忍住眨眼睛的念头。

不久，鸡不动了，在养鸡场男子的手中断了气。

为了这道菜，一只活生生的鸡牺牲了。

为了这只奉献自己生命的土鸡，也为了小老婆，我有义务尽我最大的努力。

因此，我一点一点地加盐调味。

今天用的是夏威夷盐。

那是人们在欧胡岛钻石头山附近开采的天然岩盐，我在里面混入生姜等香料。颗粒粗、带有明显的甜味是它的特征。前几天听熊桑说，他曾经看过小老婆和她男人一起去夏威夷别墅度假的照片。于是，我便试着使用看看。味道太咸固然是问题，但咸味不够又无法完美利用这难得的食材。我谨慎地调节盐量，在最佳状态打住。

我透过布帘的缝隙偷看了一下小老婆的反应。

一如我的猜测，餐前酒和第一道前菜都还没动。看这情形，我想得再等一会儿才能端出参鸡汤，于是放下布帘，回到厨房待命。

猛然惊觉时，我发现窗外已进入了黑夜。

在通往那棵无花果树的山路的入口处，一只奇异的鸟儿像在鼓励我似的高声鸣叫。我轻轻打开窗户，看见一只钴蓝色的鸟英挺地飞向月亮。是翡翠鸟吗？

在形状优美的新月旁边，硕大的金星独自发着光，就像土耳其国旗一样。我在土耳其餐厅工作的岁月又浮现在眼前。

不知道自己就这样看了夜空多久，听到餐具碰撞的声音时,我才隔着布帘望过去。小老婆拿着刀叉,正慢慢把腌苹果送进口中。再仔细一看,餐前酒少了一些。

我立刻拿出装生蚝和甘鲷薄片的盘子。

我戴上手套,用专用刀具撬开生蚝壳,露出肥美的生蚝肉,而后直接把生蚝放在白色盘子上,什么也没加,旁边再放上切成薄片的甘鲷。甘鲷事前已经被我用昆布绑了半天左右,撒上盐,浇上橄榄油。上完这道菜,我便开始准备参鸡汤。

我捞起汤中的鸡,在砧板上剁开。塞在鸡腹中的牛蒡和糯米吸足了上等鸡汤,冒着腾腾热气,香气馥郁。光是闻到这香气,我就全身都热了起来。

我把热腾腾的参鸡汤装在碗里送过去,正好小老婆喝完了餐前酒,也吃完了苹果和生蚝。我将还剩有甘鲷薄片的盘子挪到旁边,把参鸡汤静静地放在她面前。

只要客人没吩咐,即使盘中只剩下一点点菜,我也不会撤走,这是我身为餐厅服务员的信念。我再度像谢幕的芭蕾舞演员般鞠躬,然后回到厨房。

用新米煮的乌鱼子炖饭也是花了不少时间慢慢炖成的,小老婆也一粒不剩地全部吃光了。

其间,我也完成了今天的主菜——烤小羊肉。

这次我用的是羊背肉,涂上了厚厚的芥末,再裹上面包粉,用杏仁油煎一下。面包粉里还掺了蒜末和芝麻菜末。羊肉的脂肪因为熔点低,所以余味清淡,不论在口里咀嚼多久,一旦吞进喉咙,几秒后味道就会像被轻风吹走般不留痕迹。即使肚子已经很饱,你也还是可以很顺畅地吃下去。

用作配菜的香菇是从树林里某个神秘的地点摘来的,这个地点是几小时前我自熊桑那里得知的。山菜和香菇的生长地是连亲兄弟都不会告诉的重要秘密。熊桑这么信任我,我很高兴。我在新鲜的香菇中加了许多大蒜进行拌炒。

用平底锅烤小羊肉时,我看了一下餐桌那边,发现盛放餐前酒的杯子已经空了。于是我打开一瓶红酒,倒进小老婆的杯子里。和白葡萄酒一样,这也是由同一座酒庄用本地葡萄酿制的天然葡萄酒。我尝过味道,浓郁香醇,跟烤小羊肉非常相配。

说不定,她也会想喝红酒呢!

小小的希望和欲望掠过我的心头。果然如我期待的那样,红葡萄酒一点点地流到小老婆体内。

那纤瘦的身躯里面竟有个能装下这么多食物的胃。就连我那食欲旺盛的印度恋人都有可能吃不完的这套全餐,就这样缓慢而确实地被小老婆吃进她的小口中。

等小老婆喝完一整瓶红酒,要吃柚子冰沙时,距猫头鹰爷爷宣告晚上十二点整只差几分钟。

我不知道她吃着我为她准备的美食时在想些什么。她虽然喝了很多酒,但脸色完全没变,丝毫没有酒醉或乱了性情,始终贯彻着沉默寡言的老太太角色。

我拿着用马斯卡邦奶酪做成的提拉米苏和冰激凌原料走到蜗牛食堂外面。

小老婆手边还有餐后喝的渣酿白兰地。我计划在这段时间利用外面的冷空气制作冰激凌。刚走出食堂一步,就瞬间感到自己要被完全冻住一样，四周充满了冰冷的空气。

我赶紧把装着原料的不锈钢碗放进冰水中，用尽力气快速搅动打蛋器。抬头仰望时，能看到大大小小无数颗星星在天空中静静闪烁。

好幸福啊！

幸福充斥了整个胸腔，我幸福到几乎要因呼吸困难而死去。

我从来没有想过自己会在这样的天空下为某个人做冰激凌，而且居然这么快就实现了我多年以来的梦想……

打蛋器的声音像音乐般在黑暗中咔嗒咔嗒地响着。

中途加进去的朗姆酒的香味搔痒着我的鼻腔。

嘴角呼出的白色气息渐渐融入冰冷的黑夜。

回头看向蜗牛食堂里面，隔着布帘，我发现仰头喝着渣酿白兰地的小老婆的身影像剪影般鲜明映出。酒杯是外婆送给妈妈的大正时期的雕花水晶杯，在小老婆满是皱纹的手中如珠宝般晶莹闪烁着。

我看时间差不多了，便把用马斯卡邦奶酪做的提拉米苏和香草冰激凌盛在碟中，连同浓郁的Espresso咖啡一起端出去。咖啡豆我用的是冲绳产的，附上同样是冲绳离岛产的黑糖。面对这一切，小老婆交握双手，闭上眼睛，宛如虔诚祈祷的修女。

和上次偷看熊桑时一样，这次我也用小镜子透过布帘的缝隙偷看她。我的手在发抖，镜中的影像也摇摇晃晃。

那是一位已经活了七十多年的老太太啊！我觉得自己仿佛在看外国的黑白老电影一样。她思念着已死去的人，几十年来都没有笑过，一心守丧。那究竟是什么样的心境呢？光想想就觉得不可思议。无法再见到自己如许思念之人的那种绝望感到底有多深？

小老婆那薄薄的嘴唇喝了一口咖啡，再用带点麦芽糖色的银汤匙舀起刚刚做好的香草冰激凌，直接含在口中。

镜中的小老婆闭着眼睛一动不动，是太凉而刺激到牙齿了吗？我担心地看着她。只见她睁开眼睛，眼神缥缈地望着从天花板上垂下来的吊灯。

藏在这个吊灯里的小小烛光应该一直照耀着小老婆和她男人，见证他们浓情蜜意的生活吧！她再喝一口咖啡，这回舀了一匙提拉米苏含在口中。然后又闭上眼睛，再慢慢睁开眼睛，望着吊灯。

最后，小老婆吃光了我准备的食物。

她喝完最后一口咖啡，对着我的镜子用和煦春阳般温柔的声音低声说："谢谢你的招待。真的是太好吃了。谢谢你。"

然后，她深深地鞠了一躬。

这是我第一次听到小老婆的声音，迷人而有质感，像用砂纸把表面的凹凸和粗糙全都磨平了一般。我被她的声音迷住了，那一刻好像看到了她曾经那如彩虹般亮丽的年轻影像。

她站起来说想躺一下，我连忙整理好用葡萄酒木箱做成的沙发床，带她过去。

一定是参鸡汤发挥效力了。

我轻触小老婆的指尖，暖烘烘的。血液循环良好，可以睡得很熟。

她在蜗牛食堂里一直睡到第二天早上。

过了几天,继熊桑之后,小老婆身上也发生了奇迹。

曾经那样固执地穿着丧服的小老婆不但穿上别的衣服外出,而且也不再拄拐杖了,健步如飞。

我是在超市买日用品的时候亲眼看到的。

那时我忽然感觉背后有股华丽的气息,于是回头看去,是个穿着鲜红色外套的老太太,像俄罗斯人那样戴着一顶毛茸茸的华丽帽子。

起初我没发现她就是小老婆,还以为是哪个从国外回来、误闯这个村庄的阔气老太太,因为好奇而来参观日本乡下的超市呢。但仔细一看,没错,她确实是几天前到蜗牛食堂吃饭的小老婆,那薄薄的嘴唇居然涂上了浅桃红色的口红。

这件事在平静的山村里成了大新闻,大家口耳相传,瞬间无人不晓。

第二天，我听熊桑说，原来那天晚上小老婆在蜗牛食堂吃了晚餐，在用葡萄酒木箱做成的简易沙发床上睡着后做了个梦。那个死去的男人清晰地在她的梦中出现了。

自他死后，小老婆每日每夜都祈求能够和他在梦中相会，可是从来不曾如愿。而那天晚上，她终于同自己最爱的男人重逢了。

站在枕畔的男人告诉她，他们很快就会在天国相见，希望她在重逢以前能好好享受剩余的人生。

熊桑告诉我，小老婆感到非常幸福。而且，熊桑很快就下了结论说，小老婆会变成这样都是因为来蜗牛食堂吃了我做的料理。

就这样，吃了蜗牛食堂的料理就能达成心愿、促成恋情的传言渐渐在村子和附近小镇人的耳中传开。

"能让我和悟君两情相悦吗？"

听了有关小老婆的传闻以后，桃子立刻通过熊桑写信给我。在其他小孩都用手机和电子邮件联络的时代，写信让我印象深刻。

在一个舒服的小阳春天，桃子和悟君骑着自行车来到蜗牛食堂。桃子是村里到镇上读高中的女孩，脸上稚气未脱。

几天前，桃子单独前来跟我面谈过。她非常开朗活泼，告诉我许多跟她家人和同学有关的事情，但在悟君面前她却像一只温顺的猫。大概是因为太紧张吧，我领他们走到餐桌前坐好后，这两人一句话都没说。看了那景象，我忍不住笑了起来。

我把扭扭捏捏的两个人留在那里，回到厨房去准备汤。猛一抬头，看到窗外射进来的阳光在桌面上静静晃动，连空中飞舞的灰尘也跟着闪闪发光，宛如一幅美丽的画。

为了促成桃子的恋情，我调动自己少少的恋爱经验，几天前就开始认真思考做什么才好。起初我认为甜点比较好，于是试做了苹果派、年轮蛋糕和可丽饼。当我吃着自己试做的甜点，想象恋人此刻就在眼前时，我立刻心跳加速，一点也吃不下去。

的确，我当下也陷入恋爱开始时所特有的那种落寞、微苦、慵懒的感觉，光是思念恋人的那种心情就可以让自己一直处于饱足状态。而且，若是第一次在喜欢的人面前吃东西，最好避免必须使用刀叉的食物。我做了这个结论。

因此，我决定做一道不管身体多么紧张僵硬、胃部多么难受都能轻松入口的汤品。要用的材料事前没有做计划，得等实际看到他们以后再凭灵感决定。

我从厨房现成的蔬菜中选出要用的材料，通通切成小块，按易熟程度不同，一样一样用黄油炒过。我选南瓜是因为悟君的围巾是鲜明的芥子色，很漂亮；用胡萝卜是为了表现窗外大片晚霞的颜色；最后加进苹果则是因为桃子可爱的脸庞让我联想到红红的苹果。

锅中重叠着许多意象，渐渐融合为一。就像画家凭着本能挑选颜料那般，我只靠着心中的直觉即兴料理。

小火熬煮加入月桂叶的浓汤，最后再搅拌几下，有着淡淡色彩的浓汤便完成了。我认为恋爱不需要多余的调味品，因此只放了盐，没有加牛奶或鲜奶油，也没有用特别的调味料或香料提味。

我把煮好的浓汤装在心形的红色锅里，迅速送到餐桌上。在煮汤的同时，我就把餐桌摆好了。这么干脆利落地做好准备，就为了能让他们趁热享用。

打开锅盖的瞬间，散发着愉悦气息的蒸汽腾起，有如被派来成就他们恋情的小精灵。我小心翼翼地把汤盛到木碗里，他们则一直注视着我的动作。我把木碗摆在他们面前那用毛毡加工成的迷你餐桌垫上，附上木汤匙。红色锅里还剩了许多可以续饮的汤。

请慢慢享用。

我深深鞠了一躬后，笑着回到厨房。

后来，我因为天色变暗而拿着蜂蜡蜡烛来到餐桌边时，发现悟君已经移动位置，坐到了桃子旁边。我忐忑不安地掀起锅盖，汤已经没有了。

"谢谢你的招待。"桃子低声说道,声音小到丝毫撼动不了周围的空气,却又蕴含了强烈的愿望。他们依偎在一起,像小鸟交颈般分享着体温。

会冷吗?

我想尽量不要打扰他们的气氛,便飞速在笔记本上写了字递给桃子。那时我才发现,他俩的手在桌底下紧紧牵着。能够为这份幸福帮上一点忙,我心中也亮起了蜂蜡烛光。

我没有撤走空的木碗、汤匙和心形锅,就这样直接回到厨房。为了让他们尽情地温存,我故意把水开得很大,大声清洗用过的器具。桃子能达成心愿,我高兴得想歌唱起舞。

厨房收拾好后,为了庆祝小情侣终成眷属,我把一口大小的马卡龙装在小盘子里送给他们。想让他们的胃也染上粉红色,我便选择了木莓奶油夹心味的桃红色马卡龙。想象着他们因此生出更加甜酸的感觉,我不禁绽开了笑容。我滑行般急急忙忙地送过去,却在厨房门口慌忙止步。

先偷偷掀开布帘一角窥看,我发现桃子和悟君正以带着浓汤味的唇接着吻。他们面对面,双眼紧闭,像雕像般一动也不动。虽然很想一直看着他们,但我还是轻轻地放下布帘。

我蹑手蹑脚地从后门出去,专心地拔了一会儿香草花园里的野草。抬头仰望时,天上眨着眼的星星仿佛也在祝福他俩刚刚开启的恋情。

接下来我便让出蜗牛食堂,让他们可以尽情地待在里面。虽然天都黑了,我担心他们得赶快回家,但也想让桃子和悟君的甜蜜时光久一点,能多相处一秒是一秒。当接近满月的月亮从"乳房山"上露脸时,他们才终于起身,手牵着手回去。

从那天以后,我使用当季蔬菜做成的浓汤变成了蜗牛食堂的招牌菜。不知是谁给它取了个名字叫"我爱你浓汤"，发在了博客上，让这道菜变得广为人知。

后来，想达成恋爱和心愿的客人都会享用这道"我爱你浓汤"。因为组合的蔬菜和分量不同，所以每次都会做出连我自己都惊艳的味道。

也因为这样，我对蔬菜的看法有了很大的变化。过去，我以为自己什么食物都能料理，其实我不过是在组合不同的食材罢了。我终于了解到这件事。就像种植蔬菜的虽是农夫，但追根究底，农夫即使能够种出蔬菜，也无法创造出蔬菜种子本身。

我从"我爱你浓汤"里面学到一件非常重要的事情。

不知道是不是因为"我爱你浓汤"，在那之后，蜗牛食堂又诞生了好几对可爱的情侣，然后他们"离巢"到外面的世界去。

也因为这个契机，后来有人拜托我做相亲料理。

酒馆的客人中有一个有名的媒婆，她听说了"我爱你浓汤"的传奇后，便通过妈妈拜托我无论如何都要帮她一个忙。

男女双方都超过三十五岁，媒婆兴致勃勃地想让这次相亲圆满成功。

我是反对勉强撮合的，可如果是双方都有意，却踏不出第一步的情况，能为他们制造一个机会也很好。

听媒婆说，那两人各自相亲过好几次，但都因为要求太高而不肯轻易点头。男方是要继承家业的农家子，工作日在邻镇的公所里上班，只有周末才回家帮忙种田，但父母年事已高，好像差不多得回去继承家业了。媒婆说他非常害羞。女方则是高中语文老师，是个"窈窕淑女"。

男方个子不高，只有一百六十八厘米高，可是女老师有一百七十五厘米高。不过，双方都认为这一点问题不大，而且看到彼此照片的第一印象也不坏。

唯一麻烦的就是他们俩对食物的喜好完全相反。

男方喜欢以鱼和肉类为主的浓郁西餐饮食，女老师却有一点素食主义，似乎怎么想都觉得他们不可能吃一样的食物。就算情投意合结了婚，我担心他们将来也可能因为食物喜好不一致而离婚。

媒婆在面谈的最后，撒娇似的对我说："小苹，拜托你了，不管用什么方法都行。"还用力拍了一下我的背部才回去。

那天，他们在媒婆家碰面后，按照约定，要在中午过后由媒婆带来蜗牛食堂。媒婆精神饱满，穿着粉红色的连衣裙，好像她才是相亲的主角，而两个当事人像觉得很抱歉似的跟在她后面走了进来。

媒婆讲了一大串的场面话后，老套地说道："接下来就交给年轻人啦，我这个老人家就先走喽！"

她向我眨眨眼，然后就回去了。

待媒婆的红色保时捷发动引擎疾驰而去后，被留在现场的三个人同时松了口气。我恢复情绪，开始准备料理，而餐厅那边几乎听不到谈话的声音。

我思考他们的食物喜好后，最后只想到这个方案，就是只用蔬菜做成的法国菜。人们多半觉得不用鱼和肉就不可能做出法国菜，但其实只要蔬菜本身有力量，就可以以蔬菜为主来安排菜单。我有个珍藏的秘诀。

我回想起自己在法国餐厅学习时，用心完成的每一道味道细腻、菜色大胆又漂亮的美馔。

前菜是草莓沙拉。我用煮过的巴萨米克醋拌了新鲜的芝麻菜、水芹和草莓。

第一道主菜是炸胡萝卜。我把带皮的胡萝卜纵向切成两半，裹上面包粉，用植物油炸得酥脆，再搭配蔬菜沙拉装盘，看起来就像是华丽的炸虾。

第二道主菜是萝卜排。把汆烫过的萝卜和半干燥的香菇放到一起炖煮，只用酱油、盐和橄榄油调味。

他们起初说"只喝白开水就好"，之后便埋头苦吃。吃到一半时，觉得还是需要一点酒精松弛神经，于是各自点了红酒和白酒。虽然还是几乎没有交谈，但从两个人的表情来看，气氛并不算僵。

接着，我做了严格说来不算法国菜的炖饭。炖饭中加入菠菜泥、全麦、碎核桃，再配上番茄干和荷兰芹。

"我爱你浓汤"则是把厨房里所有的蔬菜都放到锅里熬煮而成。

洋葱、长葱、马铃薯、菠菜、南瓜、胡萝卜、地瓜、红辣椒、牛蒡、莲藕、萝卜、白菜、花椰菜……还加入了一把从水渠那儿摘来的水芹和鸭儿芹。连做萝卜排剩下来的萝卜皮和胡萝卜须也通通放进去。

我才尝了一口就几乎要晕过去了，只靠蔬菜居然就能煮出这么好的味道，连盐都不用加。我利用烤箱做紫薯烤布蕾的时间紧张不安地走到桌边，拿出围裙口袋里的笔谈本，写上"还满意吗？"递给他们。

先开口的是女方："我头一次吃到这么好吃的蔬菜全餐！"接着男方又说道："实在太好吃了。这些都是你特地去什么地方买来的蔬菜吗？"

这个预料中的问题让我暗自雀跃，我赶紧在笔谈本上写字。可是我实在太高兴了，手指跟不上心里想说的话，只好焦急地加上手势动作，说明这些其实都是他家里种的蔬菜。

"哦？"即将继承家业的男人一时之间露出惊讶的表情，正看着他的女老师神情也跟着一变。

其实，几天前我拜托熊桑带我去男方家里要来了一些蔬菜，不过这件事直到吃饭当天都没让男方知道。听媒婆说，他并不为自己是农家子弟这件事感到骄傲。

或许，这次的蔬菜全餐可以拂去他心中的自卑吧。这比他们相亲成功还令我高兴。

此时，厨房里的烤箱"叮"的一声响了，我赶忙离开餐厅。在表面撒上砂糖，再用喷枪烧炙一下，表面焦脆、里面黏稠的紫薯烤布蕾就完成了！紫薯当然也是男方家田里种的。

我趁热把甜点端到他们面前，然后送上满满一壶带着淡淡花香的玫瑰茶。到了吃甜点的时候，他们总算开始交谈。

不久，换了一条裙子的媒婆来把他们带离蜗牛食堂。离去时，那位男士要求和我握手。那只大手中蕴含着很大的力量。

我走到屋外，薄暮降临，天空红如火烈鸟。男人和女老师那和来时截然不同的祥和表情如美丽的印记般，一直朦朦胧胧地留在我心里。

不过,我和蜗牛食堂也并非受到所有村民的热烈欢迎。

流言蜚语传播开来后的某一天,卫生所卫生管理科的几个官员突然一齐拥上门。

似乎是有人向卫生所投诉,说我的店在食物中混入了烤得焦黑的蝾螈。那位年纪最大的官员告诉我,有传言称,把公的和母的蝾螈烤干后磨成粉末做成媚药,偷偷撒在对方身上或者掺到酒里让对方喝下会很有效果。

可别说是烤得焦黑的蝾螈,就连这传言本身,我都是头一次听到。虽然我喜欢在水边观察伸开四肢轻快游动的活蝾螈,但从来没有想过要把它们烤焦了磨成粉末。官员们似乎理解我说的话,不过为了谨慎起见,他们还是打开了厨房所有的抽屉来检查,最终确定没有问题。

由于正好到了午餐时间,于是我邀请他们吃过我做的"和乐融融饭"再回去。

"和乐融融饭"是在白米饭上添加那不勒斯意大利面,

这是外婆想出来的一道料理，是她没时间做菜时的拿手菜。她也常常为来检查药箱的小贩或修理电话的电信局工人展示厨艺。

焦黑蝾螈的事就被当作笑话这样结束了，可是几天后，发生了一件更严重的事情。

有个人通过熊桑的朋友，从熊桑那里得知我的电子邮箱后跟我联络上。其实能提前一天面谈一下最好，但他因为太忙，我们只能靠电子邮件往返沟通。

对方回复的邮件都很短，我想知道的事情回答了不到一半，似乎是个不想多谈自己的人物。

或许只是听了传闻，无论如何都想来吃吃看。有这样的客人上门似乎也不意外。

他只在下午三点到四点之间有空。于是，那一天我决定特别一点，接受两组客人的预约，在吃晚餐的客人之前先接待这个人。我唯一问到的信息是：预算一千日元，想吃三明治。

因为那个时间距离午饭才过了两三小时，应该算是下午茶时间，大概吃不了分量太多的三明治，因此我决定为他做水果三明治。

这段时间正是洋梨上市的季节。我立刻骑上蜗牛号，前往村外的果园，在那里挑选了放到做水果三明治那天能呈现最佳状态的果实。放在蜗牛食堂的厨房里四五天后，洋梨散发出甘甜的清香。

当天，我在夜色还很浓重时就起床准备，连爱玛仕都还在呼呼大睡。水果三明治用的面包是在做英式吐司的面团里加入葡萄干做成的。葡萄干从前一晚就泡在水里变软还原。我用力把面团甩到料理台上好几次后，将其揉搓成纹理细腻却很有弹性的面团。面粉是我向附近农家要来的无农药小麦粉。或许是心理作用吧，我总觉得国产面粉在揉搓时触感不太一样。面团揉好后让它慢慢地发酵。

奶油用我常用的鲜奶油和酸奶鲜奶油混合而成，各加一半。酸奶鲜奶油的做法和印度作为甜点的酸奶 Shrikhand 的做法相同，以前恋人常做给我当点心吃。

晚上我先用滤布把酸奶包好，吊在料理台上。第二天早上，酸奶的乳清几乎全部被沥掉，只剩下浓郁的奶油。如果只用鲜奶油会太腻，只用酸奶鲜奶油又太淡，两者混在一起则浓淡适中，可以很好地锁住水果中的水分。这样一来，即使在面包里夹水果，也不用担心水分会把面包弄湿。

葡萄干吐司在中午后烤好。现在只剩下在客人上门之前一并完成的工作，趁这个空当，我开始准备今天的晚餐。

晚餐算是人数颇多的九人聚餐，好像是要撮合其中的两个人。我希望大家能吃得痛快，遂决定做一大锅马赛鱼汤，里面放的海鲜都是熊桑刚刚开着小货车送来的。

当我猛然回神，发现已经下午两点半多了，便连忙开始准备水果三明治。为了不让三明治沾上鱼腥味，我用肥皂用力搓洗自己的双手和前臂。从鱼身上取出的内脏全都装进塑料袋，放进专门用来装爱玛仕饲料的水桶中。为小心起见，我又混合牙膏和苏打粉来用力洗净双手，然后全神贯注地用面包刀将葡萄干吐司切成片。洗过的手被牙膏弄得冰凉刺痛。

为了让面包保有原味并避免液体渗入，我在面包表面涂上薄薄的一层牛奶巧克力。比起苦味，巧克力的奶味跟奶油和水果更契合。一口咬下，水果的汁液从松软的面包间溢出。咀嚼时，淡淡的巧克力味就弥漫在口腔中。混合了鲜奶油和酸奶鲜奶油后再在里面滴入一点蜂蜜。这种蜂蜜是我向附近一个以养蜂为嗜好的上班族硬要来的。

最后，在客人预定的抵达时间到来之前，我把洋梨削皮后切成薄片，夹在涂了奶油的面包里，完成了水果三明治，接着把它切成容易入口的大小，摆在盘中。纯白色的吐司、乳白色的奶油、白中带绿的洋梨……赏心悦目的色彩层次中，水珠形的葡萄干成了可爱的强调色。

客人抵达时，我深深鞠了一躬表示欢迎，然后立刻开始准备。他看起来比我想象中老，头发三七分，白发较多。个子虽小，但骨架结实，穿着蓝白色条纹衬衫和质量不错的深蓝色毛背心，颈部随意围着一条胭脂色围巾。

情况比我想象中好。因为替初次见面的人料理食物很难，在那之前我有一点紧张。

我立刻从他的表情和举止判断出他想喝的红茶种类，然后赶紧烧水泡茶，让他能够马上开始用餐。

红茶泡的是带点松木清香的正山小种，麻麻的，喝了还有点上瘾。水果三明治的味道清淡又稍纵即逝，这种茶可以衬托出其浓淡层次。当你觉得奶油味太重时，喝下正山小种，口腔和喉咙就会立刻感觉清爽。我把水果三明治和红茶摆上桌，像往常一样做个芭蕾舞演员谢幕时的动作后拉下布帘，悄悄守在厨房门口。

面包的烘焙程度、葡萄干的还原度、奶油的甜度、洋梨的成熟度，我都觉得十分完美。或许这是我做过的三明治中得分最高的一个哟。我心中充满期待。可惜，那不过是瞬间的幻觉。

"这是什么东西！"突然外面传来拳头用力捶桌子的声音，桌上的杯盘被震得咣咣作响。

我赶紧跑到他身边，完全摸不着头绪。起初我还以为他故意开玩笑吓唬我，可是我猜错了。

"喂！"他表情嫌恶地瞪着一根毛发。讲得准确点，是阴毛。"三明治里面放这种东西！恶劣极了！"

接着他用鞋尖猛踹桌子。"哐当"一声，糖罐的盖子掉了下来。

卷曲的阴毛沾着奶油夹在被他掰开的三明治之间。

我几乎剃成了光头，还一再小心地在头上绑着布巾，总是非常注意不让异物混进食物里。而且，我这里又不是夜店，在厨房时我里面穿着内裤，外面套了长裤。我的视力也不差，刚才还特别确认过，根本不可能有那种东西夹在三明治里。

那人立刻起身，走出蜗牛食堂。临走时，他还让我看他用数码相机拍下的照片：一张夹有阴毛的水果三明治的特写。

无处发泄的愤怒一涌而出。我自己受任何屈辱都无所谓，但无辜的水果三明治不能作为食物让人享用，令我感到异常懊恼。那根阴毛就那样放在葡萄干吐司上面，真让人生厌。

最近，蜗牛食堂的剩饭剩菜几乎都被回收为爱玛仕的饲料。可是这个水果三明治，我连给爱玛仕吃都不愿意。

我把精心做好的水果三明治丢进垃圾桶里，感觉就像把自己生下的孩子活生生扔到海里那样痛苦。

像追随水果三明治似的，一滴眼泪掉进垃圾桶中。

我在已经不热了的红茶中加入大量的牛奶和糖，然后一口气喝光。正山小种红茶是无辜的。

舌间一直留着轻微的刺麻感，茶汤带着熏制时的香气在我的鼻间扩散。

喝完红茶后，我的情绪稍微平静了下来。我做了一次大大的深呼吸后，慌乱的心绪又镇定了一些。

世上有各种各样的人。我虽然头脑清楚，但还是无法完全释怀。

后来我才知道，那个人在村外经营一家蛋糕店，已经很久了。根据熊桑探听到的消息，他的店最近客人大减，经营不顺。在这网络普及的时代，就算是捏造的事情也能弄到证据照，若他真想摧毁蜗牛食堂，也并非不可能。不过，一个星期过去了，一个月过去了，并没有传出什么贬损蜗牛食堂的恶劣谣言。

因为这件事情受打击最大的是熊桑。他懊恼自己轻易介绍不是直接认识的人给我，一再地跟我道歉："小苹，不好意思，惹你生气了。"

自从这件事之后，我和熊桑在客人来预约时都会非常慎重地观察对方，虽然那次异物混入事件并非因为我的疏忽才发生，但还是要尽量防范。

或许，那是料理之神派来的淘气天使，提醒我不要因为蜗牛食堂已经步入正轨而兴奋过头吧。

那个娃娃头女孩突然冲进蜗牛食堂是十一月下旬的时候。当时"乳房山"山顶附近就像是戴着蕾丝胸罩般，微微泛着白。

快要变天了，下午晚些时候，我正在为当天预约的六人家庭晚餐准备做汉堡的材料。

女孩一副走投无路的样子,露出跟当时的天空一样阴沉,而且就要哭出来的急迫表情。

"请你帮帮我!"她看着我,无助地说。

我两手沾满汉堡肉馅,没办法跟她笔谈,便歪着头看她。没听说这附近有色狼出没啊,但要真是这种事可不得了了,不甚愉快的想象萦绕在我脑中。

不过,她很快就把书包放在地上,像处理危险品般小心翼翼地从手中的纸袋里拿出一个盒子。

她鲜红的旧书包上吊着一个破旧的幸运符,上面是成年女人的笔迹,写着她的名字。她叫作小梢。

她小心捧着盒子,轻轻放到桌上,又静静打开盒盖,里头有一只兔子。

"它很虚弱,拜托你,救救它!"小梢又说了一次,直直看着我的脸。

但我判断她本人的情况比兔子更严重,便急忙洗手,想为她做点什么喝的。

餐厅的柴炉还没有点着,蜗牛食堂虽然在室内,但是像在冰箱里一样冷，冷到呼气都能看到白雾。我打算煮点热可可温暖她的身体和心灵。

我站在厨房里，用小刀削下巧克力薄片，放进陶瓷锅里用小火加热，再加牛奶稀释。小梢把装兔子的盒子紧紧抱在膝上，双腿不停地发抖。

我利用加热可可的时间拿起旁边的笔谈本，翻到新的一页写下三个字"怎么了"。为防止可可煮焦，我得右手拿着小型搅拌器不停搅拌，以免可可粘在锅底。因为右手没空，就只能用左手写，字迹笨拙得像是小孩子写的。

可可热得差不多时加入大量蜂蜜，最后再滴几滴高级的干邑白兰地提味，覆上搅拌起泡到五分程度、如云朵般轻轻浮动着的鲜奶油，再装饰一片新鲜的薄荷叶。薄荷叶有安神的作用，正适合现在的小梢。

我拿着刚煮好的可可和笔谈本走向餐桌。小梢的身体因为寒冷和不安还在微微发抖。

我马上打开笔谈本给她看，然后把热腾腾的可可分成两杯，其中一杯放在她面前。

我做出"请喝"的手势,小梢仍把盒子放在膝盖上,小心地伸出手,拿起那杯可可。她小小的指甲上用彩色马克笔画了只兔子。在可可的热气中,小梢有一瞬间露出了紧张情绪得到舒缓的松弛表情。

喝下一口可可后,小梢一口气告诉了我所有关于兔子的事情。

小梢说,大约一个星期前,她放学时在路边发现了这只兔子。

那时这只兔子被装在一个更大的纸箱中,箱子里有干草和饲料,还有原饲主写的一张字条。小梢从口袋里拿出那张字条给我看。

  出于某些原因,我没有办法继续养它。

白纸上只打印了这句话。

于是小梢把兔子带回了家。

可是她妈妈不喜欢动物，不准她在家里饲养这只兔子，要她把兔子送回原来的地方。但她觉得兔子很可怜，怎么样也无法丢弃它，于是就瞒着妈妈，晚上把它偷偷藏在自己房间的壁橱里，白天则带到学校去照顾。可是兔子渐渐停止进食，从两天前开始就完全不吃东西了。

小梢一口气说完，捧起有点冷掉的可可咕嘟咕嘟地喝光了。

因为担心兔子，她晚上一定都没有睡好觉吧。

加了白兰地的可可很有效，喝完后小梢的表情缓和了许多。

我把小梢膝上患了厌食症的兔子连同盒子一起拿过来，凑近察看它的情况，鼻尖闻到一股淡淡的草原味。

兔子毛色银灰，十分漂亮，像刷得亮晶晶的洗碗槽般。耳朵内侧是淡淡的粉红色，还有咖啡冻般漆黑湿润的眼眸。

每一处都在无言诉说着这只兔子被精心呵护和饲养的过去。

至少在我眼中是这样的。

我判断这只兔子并非遭受虐待或暴力后被原饲主弃养，对小梢和我来说，这算是这紧急事态中唯一令人感到安慰的地方。

这回我用右手好好拿着铅笔，在笔谈本上写下这句话：兔宝宝可以放在这里一天吗？

小梢看完我的问题，紧咬着自己鲜红的嘴唇用力点了下头。

如果我能创造奇迹，小梢一定会愿意相信所有大人吧。但万一事情不如她的期待……小梢恐怕会恨我一辈子吧，或许从此以后还会怀疑大人的每一句话。

我只有二十四小时的时间。在那之前，我必须完成这件事。

小梢答应在明天的这个时候来这里，然后背起书包，独自迎着北风回家了。

竟然是只得了厌食症的兔子！我在只剩下我和兔子的

蜗牛食堂里深深叹气。就算这里是非常与众不同的食堂，也不曾为得厌食症的兔子做过美食啊。

治疗得厌食症的人都已经很难了，专家进行了种种心理咨询后，这些人肯不肯吃一口饭都还是问题，何况是动物？言语不通，当然不可能做心理咨询，也不可能要它画图以探索其深层心理。我把兔子连同盒子放到膝上，简直无计可施。

我先呼出温暖的气把双手指尖弄热，然后轻轻抚摸兔子的背部，以免兔子受到惊吓。

凹凸不平的脊梁骨。

它确实很瘦削。

耳朵无力，乳白色的细胡须也不霸气，用手指夹住它毛线球般的圆尾巴也毫无表情。可想而知，就算我现在用力挠它痒痒，它也不会有任何反应。

我把手掌轻轻滑到兔子腹部下方，双手把兔子抱起来。它的心脏就在我手掌附近剧烈地跳动着，我感觉自己就像在摸一颗鲜活的心脏一样。

这是兔子此刻还活着的确切证据。但是除了心跳,它的整个身躯就像刚捣好的年糕般摊在那里,动也不动。

我从正面看着兔子的脸,发现它的视线没有焦点,不知道在看什么地方。咖啡冻般漆黑的眼睛似乎望着遥远的过去,就像看着古老水井那深不见底的幽暗般,我心里为此感到很难过。

如果我是动物咨询师,一定会把我的观察记载如下:兔子气力全无,感到完全孤独、绝望……

我放弃从兔子那里获得任何反应的尝试,把它放回盒子里。

今天的客人是个六口之家。

来预约的是这家的女主人。他们家在村中的温泉街上经营一家洗衣店,打算为住在一起的爷爷过生日。这位太太的要求是:他们全家都要吃儿童餐。

因为老爷爷有点痴呆了。几天前,特地到蜗牛食堂来跟我面谈的太太,用沉重的声音语带保留地告诉我这个理由。

昨天晚上烤好的抹茶红豆戚风蛋糕已经放在冰箱中待命。生日蛋糕上蜡烛的正确数量是八十五根，但要全插上是不可能的，因此我准备了八根粗蜡烛和五根细蜡烛。

接下来我算好时间，开始做鸡肉炒饭和烤汉堡，等候他们一家的到来。刚刚点着的火炉顺利燃烧着，蜗牛食堂里暖烘烘的。

我利用仅有的空当，把儿童餐多出来的糖煮胡萝卜放在兔子专用的小碟子上，用叉子背压碎。因为之前那个相亲的农家子弟家里的胡萝卜质量非常好，因此我定期向他家购买。尝一口有淡淡的甜味，而且无论煮多久，口感依然很好。

我拿了一个做沙发床剩下的葡萄酒木箱，在里面铺上报纸，放进去盛着胡萝卜泥的小碟子和装水的小碗，再把箱子移到厨房里不那么热的地方，然后才去拿装兔子的盒子。

再次抱起兔子，它还是像刚捣好的年糕般软塌塌的，不把手放在它心脏附近确认一下是否还在跳动的话，根本不知道它是死是活。兔子毫无气力，仿佛已经放弃生存。

我先把兔子移到新居去，因为小梢带来的盒子有点小。我把兔子装进木箱里，放在厨房一角，这样就算我忙不开，也可以随时仔细观察它的情况。

我蹲在木箱旁，用试味道的汤匙舀了些胡萝卜泥送到兔子嘴边。不想吃固体食物的话至少要摄取些水分吧，我又试着舀一匙水送到它嘴边。果然如我预期的那样，兔子只是茫然地凝视着遥远的过去，对蔬菜和水都没有反应。我灵光一闪，用胡萝卜茂密的叶子搔它的鼻尖，但还是没有用。

看来，这只兔子真的得了厌食症。

做着这些事情，不知不觉就到了儿童餐的最后准备时间。

我暂时忘掉兔子的事，着手准备儿童餐。总不能因为今天突然来了只得厌食症的兔子而让准备时间不够充分吧。这件事和客人毫无关系，要是因此影响到食物，那我就不够资格当职业料理人。

我把煤气炉嘴全部点着,同时煎汉堡、炒鸡肉饭,并制作奶油炒南瓜。

我从碗柜里拿出白色大盘,用毛巾轻轻擦拭后将六个盘子并排放在台子上,然后把做好的食物依序装盘。

其实这些食物我之前都做过,但并没有意识到这些是儿童餐。

现在看着眼前的成品,色彩鲜艳,蔬菜、肉类比例均衡,而且外观和搭配连我自己都能给出八十五分的成绩。

因为那位太太说过"我们全家的食量都很小",因此我做的分量比较少,不过,即使是大人,也不会觉得吃不饱。

我看着盘子中央的那份圆圆的鸡肉饭,不知道是不是该插上一面旗子。

我想了一会儿,觉得剩下的十五分需要这面旗子来成就,于是用纸和牙签做成小旗子,从抽屉里拿出黄色蜡笔,画上蜗牛的图案。

没多久，那家人便坐着女主人开的房车来了。

但令我惊讶的是，这个家庭里并没有可以称为"儿童"的成员。

哥哥是穿着立领制服的高中生，一脸成熟模样，妹妹则穿着本地中学的运动服，脸庞和体形虽然还有些稚嫩，但也不会是想吃儿童餐的小孩子。为行动不便的老奶奶推着轮椅慢慢前进的便是那位太太所言"有点痴呆"的老爷爷，他像戴了铁甲面具般毫无表情。

这家人就座后开始吃饭时，可以清楚地看出来老爷爷不是"有点痴呆"，而是相当严重。我可以理解那位太太有意无意间隐瞒此事的心情。而且，想吃儿童餐的显然并不是孩子们，而是作为主宾的老爷爷。

老爷爷面无表情地对着儿童餐，时而缓慢时而快速地把食物塞进自己嘴里。他不用汤匙、叉子和筷子，完全用手抓。还不时塞了满嘴食物，像念咒似的嘀嘀咕咕。不只是我，就连长年和他生活在一起的家人也无法明白他的意思。

我远远地观察，老爷爷似乎认为行动不便的老奶奶是他母亲，自己的儿子和儿媳则是完全不相干的陌生人，而他的孙子和孙女则好像被设定为"战友和他的女朋友"。他好几次突然口出下流的词语，让一家人羞红了脸。

即便如此，这家人也没有对老爷爷没规矩的吃相出声喝止，而是配合老爷爷的速度一起吃着儿童餐。

分量并不多的儿童餐，六个人一下子就吃完了。

我立刻撤下空盘子，换上新的桌布，然后迅速把生日蛋糕端出来，因为那位太太之前跟我说他们时间不太多。

于是，一家人便在关掉电灯的蜗牛食堂里围着点燃蜡烛的生日蛋糕拍手齐唱，重复着"Happy birthday to 爷爷"。

最先哽咽的是有点走调的女高音——女主人。

接着女儿受到感染，然后是儿子，之后是先生，进而像传染病般传给了老奶奶，最后变成含泪大合唱。

当歌声结束，大家齐声说出"爷爷，生日快乐"时，并没有"啪啪啪"的掌声,而是一起呜咽啜泣的声音。说难听一点,那气氛简直像在哀悼老爷爷的去世一般。

但老爷爷的表情还是没变,他用微弱的气息吹灭一根根蜡烛。瞬间,蜗牛食堂陷入一片静寂的黑暗。

然后一家人便默默吃着生日蛋糕。

这家人究竟发生了什么事情?

老爷爷确实是痴呆了。可是这群体贴的家人为爷爷过生日,请他吃他最爱的儿童餐,之后却一起流泪。就算老爷爷失去了记忆,无法准确记得家中的每个人,但在他的庆生会上全家人痛哭到底是怎么回事?

在一家人准备离开,那位太太到厨房给我结账时,谜团得到了解答。

她勉强挤出笑容说:"等一下要送爷爷去养老院……我们一家六口长久以来一直生活在一起,但实在太累了。今天幸好有你帮忙。不知道为什么,我们家爷爷吃过儿童餐后就会睡得很熟。趁他熟睡时送去,我们很早以前就这么决定了。"太太故作镇定地说完这些话,深深叹了口气。

老爷爷以前一定是个温柔体贴的人吧。他绝对不让别人替行动不便的老奶奶推轮椅。直到最后,他都拒绝家人的帮忙。

太太一边接我找回的零钱一边说:"不过,我们也不是再也见不到爷爷了。我们还会再来的,到时候再请你做爷爷最喜欢吃的儿童餐。你今天做的比我做的好吃多了。"

那位太太静静地说完后,快步走向家人等候在里面的房车,车身上印着大大的洗衣店店名和电话号码。

我走到屋外,目送他们一家离去。

月光下,坐在后座窗边的老爷爷的脸清晰可见。

今晚是满月。

老爷爷张着嘴,茫然地望着虚空中的某个点。我总觉得他好像知道自己接下来会如何。

老爷爷的表情和直直前行的房车一起,很快消失在晚秋的寒夜中。我没有错过他的表情,因为那个眼神就和得厌食症的兔子一样。

目送他们离开后,我回到厨房,蹲下来观察兔子的情况。

兔子还是似睡非睡的无力状态,四肢摊开地躺在木箱里。

你这样下去会死的。我在心中对兔子说,但是兔子沉默着,没有回应。

之前为了慎重起见,我用马克笔在碗的外侧记录下水位,可水没有减少的迹象,胡萝卜泥也和我刚才放进去时一模一样。

即使在这样绝望的状态下,我也没有错过那一线细微的希望之光。

就在刚才,我从冰箱里拿出生日蛋糕时,兔子微微地抬了抬头,看了蛋糕一眼。

但是生日蛋糕如果不完整就没有意义了,所以我不能偷偷分给兔子吃。可它那个时候的反应对我了解它所拥有的过去有一定的启示。

然后我就像在编故事一样,不由自主地想象起这只兔子的背景。

厨房完全收拾干净后,我决定为兔子做饼干。

从兔子光亮润泽的毛色、被小心地装在盒子里和附在盒中的字条来看,这只兔子一定曾被很精心地饲养,因此,绝对不是因为饲主不爱它了才被丢弃。虽然打印的字条给人一点冷酷的印象,但那其实是因为饲主无法承受那种复杂的感情,结果只表达出自己十分之一的心声吧。

恐怕这是只拥有血统证明书,还很有来头的兔子呢。

我对兔子并不那么了解,但怎么看都觉得这只兔子很有气质,不像学校里养的一般的兔子。也就是说,饲养这只兔子的家庭应该挺富裕的,而且非常疼爱它,把它当作家中的一分子。

这是我第一阶段的推理,接着向第二阶段前进。

可是再怎么用心饲养,也很可能遇到照顾它的老奶奶去世,或是搬到不准饲养动物的公寓这类只靠家人的爱无法突破的难关。对,就像刚才来吃儿童餐的老爷爷一家那样。

家人想和爷爷一起生活,爷爷也想和家人住在一起。但当这个愿望实在无法达成时,家人就得做出痛苦的决定。或许，老爷爷也隐约感觉得到家人下决心时痛苦又复杂的心情。

同样，这只兔子或许也能理解和它一起生活的饲主遇到了不寻常的事情。虽然都默默无语，兔子和老爷爷却有着相同的表情。

然而，即使能了解对方的立场和苦衷，自己的痛苦与孤独依然不变。

兔子在被丢弃的盒子里看着什么呢？

我稍稍想象了一下，猜到它并没有想要逃出去。身处真正的幽暗，不知是谁在走近的脚步声，渐渐远去的声音，微弱的光线……言语无法形容的寂寞与孤独。

在昏暗中，兔子是不是因为想再见到主人一面，想快点投入主人的怀抱而伤心哭泣呢？虽然表面上没有流泪，但它心里一定在哀号吧。哭到筋疲力尽后，就只能这样茫然地发呆，或许还对继续活着感到绝望。那种绝望可能一直持续着，所以连东西也不吃。

我双手把植物油、砂糖、核桃、全麦粉和水等用来做饼干的材料混在一起，思绪则一直驰骋在兔子的过去里。当然，那都只是我妄自推测的内容。

我想到那富裕的家庭一定常喂兔子蛋糕之类的点心吧，因为刚才虽然只是一个眼神，但它确实对戚风蛋糕的甜味有了微微的反应。

或许，它想再吃一次甜甜的糕点吧。

我把揉好的面团放在烤盘上，撒上干燥的薰衣草。薰衣草具有在情绪低落时缓和心情的作用。我用刮刀将面团切成块状，以适合兔子嘴巴的大小，然后将其放进预热到两百摄氏度的烤箱里。

老爷爷已经进养老院了吧。希望他可以一直熟睡，不必经历和家人分离的痛苦。

今晚，我想睡在蜗牛食堂里。

就在上一次小老婆梦见她死去的爱人的简易沙发床上，我为自己铺好了被褥。

饼干烤好了，也已放凉。

明天早上为爱玛仕做面包的面团也揉好了。

今天是始于动物也终于动物的一天。

准确说来，今天应该还没结束……

在得厌食症的兔子开口吃东西以前，我的今天就还没有结束。

我怎么也忘不了送兔子过来的小梢那全心全意相信我的有力眼神。

像被钉子钉住了一般，那夜空中的第一颗星星闪耀又清晰地留在我的脑海里。

我不能毁弃自己的承诺。

我想起"责任"这个词，紧紧抱着得厌食症的兔子钻进被窝里。冬天的脚步声逼近了，火炉里的火熄灭后蜗牛食堂里的空气瞬间变冷。

我不会天真地以为自己能立刻得到兔子的信任。只是觉得，如果这只兔子曾经备受主人一家的宠爱，那么它此刻应该需要人的温暖。若站在兔子的立场，它应该很想被某个人默默拥抱吧。

我躺在沙发床上,和兔子面对面,一只手掌上放了几块刚刚烤好的饼干,另一只手则不停地轻抚兔子的身体。棉被中渐渐充满了柔和的薰衣草味和饼干的香味。熄灯后,房间里只剩下兔子那有如咖啡冻般漆黑的瞳孔,在外面灯光的映照下闪闪发光。我抚摸着兔子的身体,静静闭上眼睛。

那一夜,我成了兔子呼吸的守护者。

好几次从梦中惊醒,我都担惊受怕地用手掌试探一动不动的兔子的鼻尖,确定它是否还有呼吸。每一次也会睡眼蒙眬地数数手掌中饼干的数量。很遗憾,一块也没有少。

浅浅的睡眠持续着。

我不清楚自己究竟是睡着了还是醒着的。

好像一直在想着事情。

心中充满了不安,担心兔子会不会就这样死去。

猛然清醒,发现自己一度在浅睡中,梦魇缠身。

虽然昨天才相遇,但我已经成为小梢和厌食症兔子的朋友了。

我不想让朋友伤心,也不愿意朋友死去。

不久,天空开始泛白,已经能听到小鸟在外面那个世界的啼叫声。

当我觉得手掌上有股异样感,睁开眼睛时,蜗牛食堂已经沉浸在明亮干净的光之旋涡中。光线刺眼,睁眼时瞬间觉得眼前一暗。

不知为什么,这夜我睡得比平常久。

外面的世界已经充满了蓬勃朝气。

更令我惊讶的是……用那粉红色的可爱舌头固执地舔着我手掌的正是得厌食症的兔子!它的耳朵就像吸足了水后恢复挺拔的植物根须一样竖了起来,胡须也和昨天完全不同,充满了生气。

更重要的是,我手掌上的饼干一块也不剩!

一时间,我还以为是自己睡着时掉了。但并非如此,饼干真的被兔子吃掉了。

我充满爱意地紧紧抱住兔子,怕压坏它般轻柔但爱心满满。我在木箱中放入更多饼干,碗里的水也重新换过,然后把兔子放进去。

遍布在兔子耳朵上的红蓝色毛细血管在阳光的照射下宛如美丽的刺绣。

太好了。我为能实现对小梢的承诺而骄傲。

然后,我才急忙去准备爱玛仕的早餐。它在远处发出了催促我快上早餐的叫声。

下午,和昨天同样的时间,剪着娃娃头的小梢脸色发青地来到蜗牛食堂。

我立刻指给她看已经恢复精神的兔子。

兔子精神太好了,只让它在蜗牛食堂里跑来跑去的话我觉得有点可怜,于是便把以前用过的表带当作它的项圈,再绑上绳子,让它在外面的香草花园里玩耍。

没想到兔子不但不讨厌被绑住,反而很顺从。我又擅自推测,或许被绑住反而让它在精神上感到安心吧。也许对它来说,那不是束缚,而是牵绊。

小梢有点笨拙地抱起兔子。

她其实从来没抱过这只兔子，好像是怕摔坏了它。说不定，兔子会厌食跟没人抱它也有关系。

趁着小梢和兔子玩耍的时间，我去准备下午茶。

几天前，我独自去附近的森林里捡来栗子，做了糖渍栗子，顺便用剩下的栗子做了蒙布朗。本来是给来吃晚餐的客人当甜点的，但当时觉得可能还会有其他需要的时候，便多做了一些。茶壶里也早就准备了最适合搭配浓郁蒙布朗的格雷伯爵茶。

虽然天气寒冷，但我还是在室外摆上桌椅，膝上盖着毯子，和兔子、小梢一起喝茶。小梢把兔子放在毯子上紧紧抱着。一天前还表情僵硬的小梢此刻充满活力地笑着。

这真是虽然肉体疲劳，精神却很充实的二十四小时。

兔子享用着小梢枫叶般手掌中的蒙布朗。因为里面加了奶油和甜酒，我有点担心，但是兔子吃完小梢喂给它的那块糕点后，还伸着粉红色的小舌头催促她再来一块。真是嗜吃甜食的兔子呀。小梢的表情也和兔子一样可爱，鼓着两颊，快乐地吃着蒙布朗。

开办蜗牛食堂真是对了！我看着微微泛白的"乳房山"那美丽的棱线，在心里想着。

小梢把兔子紧紧抱在胸前，声音清亮地昭告晚秋的天空："妈妈已经答应我，可以在家里养它了。谢谢你。"

酒馆的入口伫立着一只鹿，一直看着我们。

冬天悄悄逼近了。

魔幻大秀在某一天突然降临。

十二月的一个早上，我打开窗帘，发现外面的世界一片雪白。

窗外是一望无际的牛奶色，仿佛刚从天空中飘下大量的蛋白霜。那个穿着鲜艳外套的小老婆肩上一定也堆积了纯白的细雪吧。

圣诞夜的客人是一对私奔到这个村庄的男同性恋情侣。对他们而言，这是趟秘密的蜜月之旅。我不想破坏他们的甜蜜气氛，便请熊桑帮忙，载着我把晚餐外送到他们投宿的湖畔小屋去。

在所有食物送达后的回程中,我觉得自己就像圣诞老公公一样。虽然滴酒未沾,但熊桑和我的心情都很亢奋。雪车在雪花飞舞的夜里疾驰前进。

单单是料理食物就令我身体里的每一个细胞都为之迷醉。

只要能为某一个人做菜,我就打从心里感到幸福。

谢谢!谢谢!

感觉光是这样对着严冬的夜空大喊几声不够,还得用全世界人都听得到的声音喊,一直喊到我心里的声音枯竭为止,希望自己可以把这份心情传递给所有的人。

雪车在途中停住,我和熊桑互搭肩膀,一起抬头仰望圣诞夜的天空。

在那短短的瞬间,雪停了,天空中有无数微光,如烛火般闪烁。

那是一片仿佛被施了魔法的天空,让我觉得如果这时熊桑要求,我会愿意亲他一下。冷冽的空气渗透了我的五脏六腑。

后来,那对情侣送给蜗牛食堂一份很棒的圣诞礼物。

年底,我用小苏打粉仔细地清扫厨房里的每一个角落。终于到了除夕夜,我也形式化地做了年菜。

外婆活着的时候,每年都会做出丰盛的年菜。

她把做好的年菜装进拼盘盒后会形成一个几何图案,每年她做好的年菜都令我看得着迷不已。我们一边看红白歌会,一边吃着跨年吃的荞麦面,跨年钟声响起后喝屠苏酒互相祝贺新年快乐,正月里再一起喝日本酒、吃年菜。这是过去年复一年,我和外婆共度的过年时光。

外婆过世,我和恋人同居时,我们就在那个小房子里过着印度式的新年。在印度,过年时一定要穿新衣服。我也只在那天穿上印度未婚女孩穿的旁遮普套装。薄如蝉翼的丝质长衫搭配宽大的裤子,脖子上再绕一条长围巾,然后制作放了腰果、椰果和杏仁的印度酥饼。

我做的一定和地道的印度味道相差很远,但只要两个人在一起过年，就觉得好幸福。

而今年冬天的新年假期，妈妈和Amour的老顾客一起去夏威夷打高尔夫球和购物，媒婆也一起去了，因此我一个人过年。当然，家里还有爱玛仕。我把简单烹制的年菜放进保鲜盒里，细细看着爱玛仕祝贺她。

新年快乐。

她当然没有反应。

为了舒缓心情，我一有时间就帮爱玛仕刷洗身体，偶尔还带她到雪地上自由奔跑。再有时间的话，就用专用海绵清洗平常因觉得看得过去而没去清洗的杯上茶垢。

蜗牛食堂进入了真正的冬眠期。

因为下雪的关系，交通受限，村外的客人就是想来也来不了。过去一天往返好几次的小巴现在减成一天一班，早上出去，傍晚回来。

也因为下雪的关系，蹦极台关闭，小巴几乎没有乘客。

村外的人如果来了蜗牛食堂，就必须在村里过夜。虽然温泉街那边有旅馆,但食堂这边几乎没有去那儿的交通工具。如果走路过去,肯定需要两小时左右。

而我,还是一样发不出声音。

我听说,生物的某些器官或功能若不使用就会渐渐退化。

我记得小的时候,有一次自己不知道为什么在 Amour 酒馆的吧台上吃泡面,当时有个喝醉的客人笑着说:"那些人妖啊,小弟弟不用的话,会变得越来越小。"我感觉我的声音也在那样日渐干枯,只消用镊子轻轻夹起,就会轻易离开我的身体,永远消失。

不过,我觉得这样也好,因为我有料理这名有力的伙伴。就像食欲、性欲和睡眠欲望一样,料理支撑着我的生命,而声音是料理不需要的功能。

我和妈妈还是处于冷战状态。

我几乎可以爱所有的人和其他生物,唯独妈妈,我怎么样也无法打从心里喜欢她。我讨厌妈妈的心情和我爱其他的一切一样深重。我的情况真的就是这样。

我觉得，人无法一直保持清澈的心情。

每个人心中都装满了泥水，只是混浊的程度有差别。

即使是某个国家的高贵公主，脑中也一定会闪过不足为外人道的污言秽语；在牢里度过一生的死囚，如果用显微镜放大来看，他心中也会有遇到光就闪闪发亮的宝石碎片般的存在。

因此，为了保持泥水的清净度，我决定尽量安静。

鱼在水中游动就会使水变得混浊，如果心静下来，泥土就会慢慢沉淀，上层的水也会恢复清净。我希望水面能永远保持清净。和妈妈的争执对我来说或许就是淤泥本身，而只要我心静不动，就不会被弄浊，因此，我下意识地尽量不和妈妈接触。从某种意义上说，我的表现就是持续无视妈妈的存在。我相信那是保持我心灵清净的唯一方法。

我就这样茫然地过了一个月。

有一天，熊桑突然来到我家，说："小苹，我们一起去看看红芫菁的故乡吧？"

那一天，很难得地一早起来就是晴天。

熊桑穿着一身防寒滑雪服，已经准备妥当。他来约我同去出产圣诞夜那对男同性恋情侣享用的红芜菁的田地。

现在去？虽然我对这个提议感到惊讶，但能见到那种优质红芜菁的孕育之地实属难得；他们将这珍贵的宝贝让给我，我也想对此表达谢意，于是便和熊桑一起出发。

我穿上红色登山服和深蓝色滑雪裤，套上平常穿的长靴走出家门。熊桑开着小货车，一直开到车子无法再前进的地方。我们下了车，穿上雪鞋，在大雪原上徒步前进。

那个地方就在"乳房山"背面的陡坡上。现在当然完全被雪覆盖住了，不过，红芜菁就被保存在雪的下面。

"我就是想让你看看那景观……"熊桑气喘吁吁地说着。他的背包里不知道装了什么东西，好像很重。

熊桑走在前面，我跟在后面，我们几乎一言不发地走着，一步一步地在雪地上印下我们的脚印。每踩下一步，脚边就发出野兔叫般的声音。

眼前是一望无际的冰雪世界。天空晴朗，云朵悠悠地遨游在天空之海上。

当我们走到平坦的雪地上时,熊桑突然停下脚步,转头对我说:"雪花莲。"

顺着熊桑手指的方向看过去,细长的茎上开着低垂的白花,不止一株,而是好多株雪花莲竞相盛开。

"我想种给西妞丽塔看,几年前就种了。可是西妞丽塔在的时候都没有开花,她走了以后才开。好可爱的花。"

我们看着雪花莲,短暂地休息了一会儿。雪花莲就像雪地中突然出现的精灵。在这样寒冷的雪地中,生命也确实在好好萌芽。

光秃秃的树梢上,小鸟们互相呢喃着爱语。我感觉到背上开始出汗,用力吸入一口空气。

我们沿着河边的小路继续走,带着淡淡甜味的一阵风柔柔地吹过大雪原。

"到了。"熊桑这样说时,我已经全身发热。

走进盖在山腰上的小木屋,里面有一个和熊桑年纪差不多的男人。他是红芜菁的种植者,旁边那个跟他简直像双胞胎的娇小女人是他太太。这对夫妻守护着世世代代传承下来的红芜菁种子。

日前承蒙你们分享给我优质的红芜菁，真的非常感谢。

我立刻从篮子里拿出笔谈本和铅笔，准备写下这句话。

可是我的手指冻得僵直，写字没有力道。熊桑察觉了我的状况，几乎替我说了所有我想说的话。

熊桑的大背包里装的是大家一起吃的便当。熊桑笑着说："每次都是小苹请我吃饭，这次该我回请了。"

他把保鲜盒一一打开，放在桌上。"这是我母亲做的，不知道合不合你们口味，吃吃看吧！"

狭小的桌上摆着炖什锦、厚蛋烧、炸蔬菜、饭团和腌萝卜。正好我肚子也饿了，立刻就开始享用。

熊桑母亲做的便当和外婆做的那清淡却十分入味的高级口感，或是妈妈大量使用化学调味料做出来的口味完全不同。炖什锦里的芋头、牛蒡和胡萝卜软得入口即化，汤汁是用整条沙丁鱼熬制的。厚蛋烧做得厚实又有嚼劲，只用糖和酱油调味。饭团里面夹着大块的烤鳕鱼子。

我越嚼越香，虽然不像一流餐馆做的松花堂便当那样豪华，但是这份便当回归了食物本来的味道，是牢牢扎根于大地的美食。

"这样吃饭才最放心愉快！"红芫菁农家太太大口嚼着饭团说道。我完全同意。

而后，我突然察觉，自己已经很久没有吃别人料理的食物了。

就我个人的喜好来说，这个饭团的米粒偏软，但我还是吃了许多，身体里渐渐充满了力量，因为那是熊桑的母亲想着我们、全心全意为我们捏出来的饭团。我吃下的不是饭粒，而是母亲的爱。

好怀念……这种感觉我以前也有过。

我陷入了似曾相识的情境中，视线循着记忆的路线前进，突然间看到外婆的背影，站在整洁厨房里的外婆的背影。熊桑母亲做的便当和外婆煮的饭所注入的感情是一样的。我口中嚼着饭粒，瞬间，眼泪差点就流了出来。

喝完那位太太泡的鱼腥草茶，我们四个人走到屋外，来到红芜菁田里，扒开雪堆，挖出了许多红芜菁。据说把红芜菁埋在雪中可以增加其甜味。

"来，吃吃看！"说着，他俩给我和熊桑一人一个红芜菁。我咬下一口，汁液真的多到喷溅到脸上，带着淡淡的香味，甜味和辣味达到绝妙的平衡。他们说想吃多少就吃多少，于是我和熊桑毫不客气地大吃特吃起来。我现在才明白，虽然是同一个人在同样的田地里种的红芜菁，但是每一个的味道都不一样。

天空晴朗，雪花压枝的群树之间可以看到海。海和天空之间的界线，颜色有着微妙的不同，像用规尺画出来的直线般无限延伸。

回程路上我一个不小心，脚在有点陡的坡道上滑了一下。被大雪覆盖的地面结满了冰，我整个人跌坐在地上。

"不要紧吧？"走在前面的熊桑立刻回头走来，我不好意思地吐着舌头傻笑，搭着熊桑的肩膀站起来。可是才刚站起来，脚下瞬间便气力尽失，又跌回雪上。

虽然不至于骨折，但跌倒时用错了力，导致左边的脚踝扭伤了。如果我忍着疼痛，应该可以慢慢走回去。

就在我护着左脚，想只靠右脚站起来时……"小苹，拿着这个！"熊桑卸下背包递给我。便当都吃光了，背包变得很轻。我不明白他的意思，张着嘴看他。熊桑走到我面前背对着我说："不要客气，让我来背你。"

他要背我走。

"你一个人，我还背得动。"熊桑面朝着前方说。

我不知道该怎么办，只得乖乖趴在熊桑背上。

"嘿哟。"熊桑吆喝一声，慢慢地站起身来。我的视线突然摇晃一下，平常看惯的风景突然变高了。熊桑大口喘着气向前走。

那时候也是这样。在小学的走廊上，我一个人哭泣时，熊桑也是把我背在他宽阔厚实的背上，带我去自己平常被禁止进入的职员室，给我看在锅子里面熟睡的睡鼠。

后来，我长大了，月经也来了，去了都市，也有了恋人，而后失恋，成为蜗牛食堂的老板，当了主厨。虽然我经历了种种事情，但现在依然要这样麻烦熊桑的背部。熊桑这样照顾我，我却好像总是在麻烦他。因为平常看习惯了，我都忘了熊桑的脚并不好。尽管如此，他却……

你为什么一直对我那么好呢？我在心中这样问熊桑。

就这么巧，在这个时间点上，熊桑突然说道："因为妈妈听了我一大堆牢骚。"

他口中的妈妈是指我的妈妈。

"西妞丽塔离家以后，我心情很糟，常常酗酒，拿妈妈当出气筒，做了许多坏事。可妈妈总是笑嘻嘻地听我诉苦，即使我经常口出恶言，她也只当流水，听过就忘。"

他接着说出我一直不知道的事情。"那天也是妈妈打电话跟我说：'我女儿回来了，希望你能帮忙，她现在大概在爬无花果树，你帮我去看看好吗？'我赶忙过去，你果然如妈妈说的一样，吓了我一跳。对于妈妈，我再怎么谢都不够。"

我在熊桑的背上摇来晃去,感觉口中好像突然被塞进一粒酸梅干。这件事情我完全不知道,还一直以为那天和熊桑是不期而遇。此刻,不是受伤的脚踝,而是我的心在阵阵发热,好似麻木了。

我们顺利回到小货车停放的地方。在回家的路上,熊桑突然说:"小苹,去泡个温泉,说不定可以快点治好脚伤。我帮你守着,不让别人闯进来,怎么样?绕过去看看吧?"

熊桑是认真的,因为村外的公共浴场现在还是男女混浴。

但确实,我听说村子里的温泉对跌打损伤及扭伤特别有效,而且我的身体也冷透了。

我拿出笔谈本,写下几句话给熊桑。因为手冻僵了,笔触非常轻。

谢谢你,你也很冷,一起去吧?

熊桑总算明白了我的意思,于是小货车在途中向右转,开向村中的公共浴场。太阳已经偏西,时间若错开得当,我们或许不必参与村里老爷爷们的泡汤闲聊会。

猛然回神,夕阳已经沉落山边,只有雪地里还泛着青白色的光。

二月中旬,妈妈邀请我参加派对。

我在蜗牛食堂里腌好白菜后,一回到家,就看到爱玛仕的猪舍入口处夹着妈妈用漂亮字体写的字条。

派对地点就在Amour酒馆。好像是每年例行举办的河豚宴。

策划者是奈空,宴会的成员有奈空、妈妈和Amour的老顾客,共七八人,其中有几个过年时还和妈妈一起去过夏威夷。

奈空虽是建筑公司的社长,但也拥有做河豚料理的执照。

事实上直到当天,我都还没决定要不要去参加那个派对。

蜗牛食堂那天并没有客人预约,但我想优哉游哉地看书和编织东西。而且，我实在不想看到妈妈和她的情人你侬我侬的画面。

可我还是参加了，理由是我也想吃河豚。以前当然吃过一两次河豚生鱼片，但那时候吃的河豚切得和纸一样薄，我在嘴里嚼半天也感觉不出什么味道。最近，世界级的超级厨师都开始关注日本的河豚，身为一个料理人，虽然晚了些，可我也对河豚的魅力产生了好奇心。

"你被阿里巴巴骗了吧。"下午五点过后，我因听到外面嘈杂的声音跑了出去，看到奈空正在强行把不情不愿的白马绑到棕榈树上，粗声粗气地对我说话，大概打算今晚喝个痛快。他要喝酒时肯定不开自己的奔驰爱车，而是骑马，还是骑着白马而来。奈空怎么会知道我交往对象的名字？一定是妈妈觉得好玩告诉他的。我自己好不容易快要忘记了，他偏偏旧事重提，害我很生气。我回到 Amour 里面，平复心情后开始切博多葱[1]。随后跟进来的奈空把

---

[1] 青葱的一种。味道较淡，可用于调制众多食物。

他从家里带来以及路上买来的准备材料一样一样地摆到吧台上。他特地从大分带回来的天然虎豚身躯庞大，光看外表就弹性十足。

他得意地从皮包中拿出专用的河豚刀，准备切生鱼片。我把他带来的自家酿制的橙醋装在各个小碟子里。

不久，派对成员陆续到齐，围着河豚开席。

每个人都是满心期待这一天到来的老饕。他们各自带来了日本酒、烧酒、啤酒、葡萄酒等，一瓶接着一瓶地打开畅饮。

奈空准备的酒是香槟，而且还是水晶粉红香槟，妈妈的最爱。我只在高级进口食品店的橱窗里看过，没有喝过，只知道价钱非常昂贵。这瓶水晶粉红香槟被冰镇在外面的雪中。

切得比专卖店稍微厚一点的河豚生鱼片像淡淡的雪片般梦幻可爱。带骨的部分用炭火轻烤后味道更好了，香喷喷的口感让人口舌生津。酥炸的部分火候正好，很有嚼劲。

参加派对的人都忘了说话，默默吃喝。我也是整个身心都专注在舌头上，如梦般地品尝美味。所谓最高境界的幸福就是这样吧。我的心境有如正在幸福的美梦中被邀请去参加一场奢华的晚宴。

终于要开始大家期待已久的河豚肝轮盘戏了。

虽说是河豚肝轮盘，但并不表示肝真的有毒，是开玩笑才这样称呼，只是要连肝带生鱼片一起吃下去。

听说在大分县以外是不允许这种吃法的，可是这个派对每年都偷偷这样吃。目前为止，还没有人死掉。

会演变成这种吃法，好像是因为刚开始举办河豚宴的时候，大家还是一起吃生鱼片和肝，可是大家一致认为，万一就这样中毒死去，剩下的烤河豚、炸河豚和河豚粥就没有被好好享用，那真是太遗憾了，于是后来就把河豚生鱼片分成两份，一份是平常的吃法，享受一轮河豚全餐后将另一份生鱼片连同河豚肝一起吃，这样就算吃死了也不会后悔。好贪婪的想法啊……

醉醺醺的妈妈大喊："香槟！"

众人一起鼓掌叫好。

奈空起身走到外面,遮遮掩掩地用报纸把在雪地里冰过的水晶粉红香槟包起来后进了屋。湿了一半的旧报纸上面,职业棒球明星正挥起一只手笑着。

奈空走进吧台,和妈妈一起准备再干一杯。桌上已排好河豚肝轮盘,大家都喝了不少酒。

我斜眼旁观着吧台里的妈妈和奈空。刚才就觉得他们俩鬼鬼祟祟的,果然是在众人看不到的死角把他们自己要喝的香槟和其他人喝的香槟分开。他们在自己的杯子里倒入水晶粉红香槟,其他人的杯子里则倒入伯瑞香槟。又看到这种讨厌的场景,我突然觉得很扫兴,心情也变差。

然后,妈妈像个没事人一般分送香槟给大家。

若仔细看,两种香槟的粉红色泽会有一点微妙的差异,但是大家都醉了,没有人发现。应该说没有人会想到这种事情吧。

妈妈热情地把香槟分给大家后走到我身边递给我一

杯，我板着脸接过酒杯，看到杯中的颜色时心里却一惊。妈妈看出我的表情，立刻低声说："这个不错，你也喝喝看。"

我想退还，但她已回到自己的座位上去了。派对策划者奈空开玩笑般做起了告别宣言："在人生的最后，吃了这个而死去是最美好的结局啊！感谢各位一路相伴！"

说完，他再度干杯，然后豪爽地把河豚肝连同生鱼片一起夹入口中。我心想，要是中毒就好了，但几乎同时，我听见他大喊了一声："安全！"

我心里想着"啊，遗憾！"，大大地叹了一口气。然后，像要冲掉那种心情似的，我喝下了生平第一口水晶粉红香槟。

虽然面对其他人我有点罪恶感，但是这样的机会实在难得。老实说，我想尝尝味道的好奇心也很强，于是就不客气地饮用了。对不起，我心里想着，接着喝下这有着高贵粉红色泽的水晶粉红香槟。

每喝一口，我体内花田的面积就扩大一点。我虽无法清楚地想象出天堂的景色，但只消在天堂入口让我喝一口这种香槟，我可能永远都不想离开那里。

派对继续进行。

接着是河豚火锅，吃完用剩汤煮的菜粥后，大家又回到起点，开始喝酒。

喝酒的喝酒，唱歌的唱歌，嘈杂不已。有人唱卡拉OK，有人坐在地板上睡觉，有人口齿不清地谈论世界局势，他旁边的人则看着电视上的天气预报。每个人都在享受着河豚大餐的余味。

只有我独自走进吧台收拾。我的个性就是如此，无法放着眼前一大堆肮脏的餐具不管。

一个人喝下多半瓶水晶粉红香槟的妈妈完全醉了，靠在奈空的肩上，两个人并肩坐在椅子上，像正在熔化的双色奶油般恶心地黏糊在一起。

我尽量不看他们调情的样子，专心清洗餐具。虽然从小时候起我就几乎每天都能看到这种场景，但就是一直无法习惯。

奈空像在对着妈妈的耳朵吹气似的讨好声音也传进了我的耳朵里。"琉璃子啊,也该让我搞一下了吧!吃了这么好吃的河豚,也喝了这么好喝的水晶粉红香槟,不是吗?"

他的手一直摸着妈妈的屁股。

"哼!"妈妈只是娇嗔一声。

奈空继续说着:"好嘛,你也没有什么损失。一生就这么一次,不会有事的。如果到头来都不知道我的身体,就这样结束人生,你绝对会后悔的。"

起初,我以为他们在开玩笑,因为从我小时候起,奈空就被公认为是妈妈的情人,也拜他贡献的金钱所赐,目前为止,他稳坐妈妈第一情人的宝座。难道他们从来没有肉体关系?我一时无法相信。

我停下洗碗的手,这时奈空转头对我说:"喂。"他声音低沉,瞪着我。我不理他,他更是大开嗓门:"你做女儿的也劝劝妈妈,和奈空先生上床干好事嘛!"

我绷着脸面无表情地回瞪他。他咂咂舌，不屑地继续说："真是，母亲也好，女儿也好，顽固死了，你们母女俩。母亲这个样，女儿也是这个样。大腿张开不好吗？就是因为你这样坚持，女儿才会一样这么别扭。"

这时，刚才还在唱《天城越》演歌[1]的客人也加入了对话，透过麦克风，他那响着回音的声音喊道："琉璃子妈妈看起来能这样，是因为纯粹啊！这样不是很好吗？琉璃子妈妈还守着处女身，现在已经是天然纪念物了呀。如今可是年轻女孩都可以和刚刚认识的人随便上床的时代啊！"

那个穿西装，像是上班族的男人好像陶醉在自己的话语中，歌曲都结束了，他还拿着麦克风呆呆地站着。

大家究竟在说些什么？

我脑中一片空白。

妈妈是处女？

---

[1] 日本独有的歌曲种类，《天城越》是日本歌手石川小百合的歌曲。

那么,我果然不是妈妈亲生的?

我以前就隐隐有这种感觉……

我和妈妈之间的共同点太少了。或许真的如我期待的那样,妈妈并不是我的亲生母亲,而我真正慈祥温柔的母亲正在这地球上的某个地方找寻着我……我心里隐隐这么希望着。

可惜那个甜美的梦稍纵即逝。

妈妈突然仰起她那张醉醺醺、和水晶粉红香槟一样色泽的脸,直视我的眼睛说:"你啊,是我处女怀胎生的孩子哟!"

妈妈完全喝醉了。她以前就有酒醉后乱说话的毛病,这个样子居然也骗倒了许多男人。

我忘记关掉水龙头,就这样杵在吧台中。刚才插话的那个客人又开口了,而且还是拿着响有回音的麦克风:"咦?小苹到现在都不知道这事吗?"

他的眼睛睁得滚圆。该惊讶的是我吧!我真想一脚踹开吧台。

妈妈虽然醉了，眼神却很认真。

这时，奈空已经发出爱玛仕一样的鼾声睡着了。

"你呀，是水枪婴儿！"

水枪……像有石膏注入脑中，我的脑子停止思考。那个客人还兴冲冲地说："在这里那可是有名的故事哩！"

这回，他乖乖放下麦克风，走到我前面，更详细地告诉我事情的始末。

他说的全都是我第一次听到的事情，因此我甚至不知道该怀疑哪一点。

简单地说，就是妈妈读高中时有个大她一岁的未婚夫。两个人互相吸引，约定将来共度人生。而且他们决定在妈妈高中毕业以前都维持柏拉图式的关系，也付诸实践。妈妈的未婚夫成绩优秀，考上关西某个大学的医学院，之后二人通过书信往来保持着远距离的恋爱。妈妈很想到未婚夫的身边，于是拼命用功读书，也顺利考上京都的短期大学。可是，当她按照地址去找未婚夫时，他却已经搬家了。两人从此再也没有见过面。

我听到这里时突然想到,或许我会用大阪腔叫妈妈"o-kan"的原因就在于此吧!那个常客继续说着故事。

妈妈从此以后变得自暴自弃,为了忘记未婚夫,她想到怀孕生子,认为如此便能完全断绝自己和他的关系,活出崭新的人生。她心中的初夜对象只有未婚夫,因此觉得除了他,其他任何男人都一样。可真的要办事时,她又无法斩断对未婚夫的思念,于是就思考有什么办法可以让处女受孕,突然她灵光一现,想到可以使用水枪。

"以前根本没有精子银行嘛!"妈妈打断他的话。认真叙述的常客也同声应和:"何止,就是现在,日本也不承认精子银行啊!"

妈妈打着手势说:"他左手的无名指上戴着戒指,大概有老婆了,那么,这个孩子就是不伦之子,所以取名伦子。是吧?"

已醉得一塌糊涂的妈妈突然寻求在看天气预报的客人

的同意。

哪怕被这样问话，那人也继续看着电视说："琉璃子妈妈太痴情了，直到今天还在想着初恋情人。"

明明是冬天，外面却仿佛有台风那样的暴风雨在逐渐逼近。妈妈突然站了起来，像纽约的自由女神像那样高举一只手大声宣布："没错，我要一辈子守着处女之身。"然后，她轰然趴倒在吧台上，呼呼大睡。

我脑中仿佛有无数的回旋镖在乱飞。如果这是事实，那真是不得了的大事。我从没有听说过用水枪注射精子受孕的事情，如果这是真的，那我肯定是世界上第一个水枪婴儿。

妈妈趴在吧台上，像往常一样嘟囔着梦话。

接下来，Amour 酒馆瞬间被寂静包围。

猫头鹰爷爷那午夜十二点的报时早就过了，有人缴了宴会款后离去，也有人躺在地板上昏睡。我轻声收拾，以免吵醒已经睡着的人。

我从以前就很容易相信别人，是容易受骗的性格，因此我怀疑刚刚是大家串通一气来骗我。不过，好像又不是这样。

我心中隐隐约约感觉到，这些人都既认真又容易受伤。

今晚，我感受到另一个活在我全然未知的世界里的妈妈。

那里的妈妈比起我所知道的妈妈多了一点点骄纵的气息。Amour 里的寂静并没有持续多久。

正当我茫然地回想刚听到的妈妈的爱情故事时，奈空站起身，说了声"小便"就打开门走了出去。

店里面有厕所，大可不必到外面去，而且还在人家的院子里……

我有点不高兴。然后他一边用力扯着裤子拉链，一边冻得缩着身体走了进来，迎面就粗鲁地说："你把我特意送你的庆贺花篮丢掉了吧？"

糟糕！蜗牛食堂开张那天，奈空送来一个大花篮，是庆贺小钢珠店开幕的那种俗气的花篮，我把它移到Amour的后门那里。因为太大，我连丢掉都嫌麻烦，因此一直放在那里没动。

"这样糟蹋人家的好意，真是……"奈空发完牢骚，又继续说，"欸，我肚子饿了，你弄点什么来吃吧！"

要我帮奈空做吃的？

我是个直性子，私底下只愿意为我喜欢的人烹煮食物。于是我假装没听到，奈空故意把烟喷在我脸上，耍流氓似的恶声恶气道："不想帮讨厌的人做吃的是吧？你以为你是谁啊？田螺食堂的老板兼主厨？别开玩笑了。挑客人啊？这算什么职业厨师？根本就是小女孩玩过家家，一场自我陶醉的色情秀！别发呆了，奈空先生想吃饭，给我弄一些来！"

他的嘴角还冒着螳螂蛋似的大泡泡。

我的店不是田螺食堂，是蜗牛食堂！

没错，我想要这样理直气壮地回答。而且，到目前为止我只尝过许多心酸，完全没有过什么自我陶醉的感觉。对料理的爱意让我有自信不输给任何名厨！被奈空用那种话羞辱，要是我手上拿着菜刀，真想回敬他一刀。但那样做不仅是对我本人，还是对守护我的料理之神的侮辱。

懒得跟他大声争论，我迅速打开冰箱。悲哀的是，里面只有少许掺了化学调味料的味噌汤，可用的食材一点都不剩。而蜗牛食堂的厨房现在也是冬眠状态，几乎没有多余的存货。可是我不能就这样退缩，于是快步走向蜗牛食堂。虽然对冰箱里的食材不抱期待，但如果不这么做，我会让奈空瞧不起！

我打开蜗牛食堂的门锁，然后查看每个橱柜。果然，任何可用的食材都不剩，就连我最依赖的米糠酱瓮里也正巧没有东西。前几天才腌的泡菜现在又还不能吃。这半夜三更的，超市已经打烊，村里也没有二十四小时营业的便利店，我简直是束手无策。

我正想着干脆乖乖地向奈空道歉吧，结果拉开放置文具的抽屉时，突然看到里面滚着一个褐色的物体。

我心想这是什么东西，拿出来一看，发现这不就是我一直都在找的柴鱼嘛，很小的一块。

我明明记得自己放在上一层抽屉里，不知怎的就掉到下层抽屉里。那一瞬间，我脑子里电光石火般地闪过一个念头。

Amour 的电饭锅中应该还有煮河豚粥用剩的白米饭。只要有这块柴鱼，就可以熬出上等的汤汁，做出简单的茶泡饭。我打定主意，开始削柴鱼。幸运的是，我还从抽屉里找出一些昆布。

我抱着装了柴鱼片和昆布的碗赶回 Amour 酒馆，往雪平锅里面加水。奈空醉醺醺的，满脸通红，一直看着我的动作，然后，他以吐痰般的嘶哑声音说："大小姐，你知道吗？叔叔我几乎吃遍了全世界大家都说好的餐馆，我可是为了吃炖河马肉，特地跑去东非坦桑尼亚的人哟！你最好有心理准备，因为难吃的话我就会坦白说难吃。我要是说真话，你可不要哭啊！"

老实说，我还真是怕得双腿发抖。但是我做出充耳不闻的样子，专心熬柴鱼汤。

他吃河马肉的故事我从小就耳熟能详。每次看到我，他都要炫耀那是比牛肉还滑润的极品。

总之，现在最重要的是不要受到干扰。为我最讨厌的奈空做菜很辛苦，可是我尽量不想这件事，因为厌恶的情感必定会反映在食物的味道上，我无论如何都要保持内心和脑袋处于空白状态。

如果做料理时心情焦虑又悲伤，那一定会表现在味道和装盘上面。因此，做菜的时候一定要想着美好的事物，以开朗平静的心情站在厨房里。

外婆总是这么说。

我再度深呼吸，让心情平静下来。算好时间，捞起昆布，稍等一下，再放入大量柴鱼片，当柴鱼的香气扑鼻而来时熄火、过滤。一切都很顺利，最后再加盐调味，那就完美了。

不过，到了最后阶段，我发现自己的舌头好像不太管用。可能是刚才吃太多，而且喝了酒，有点醉。平常只要尝一次就知道咸度如何，现在却怎么也找不到最佳状态。有种一再加盐都觉得不咸，但其实已经够咸的感觉，犹如在深山浓雾中摸索徘徊。

奈空就在我面前抖腿等待着，这令我更加慌张。我决定再一次相信自己的舌头，最后只加一小撮盐巴调味。然后，我把电饭锅中的白米饭盛到预热过的大碗中，浇上刚煮好的昆布柴鱼汤，接着再把砧板上剩的一点葱花撒上去。

我双手捧着茶泡饭放在奈空面前，摆上筷子，像脸上写了大大的"请用"两个字般凝视着他。大概我也有一点醉了，胆子比平常大了一些。

如果是在蜗牛食堂，我这时候就可以躲回厨房里，用小镜子偷看客人的反应，但在 Amour 没办法这样。我感觉自己无处可逃，只能站在吧台里面。

在不到一米的距离处，奈空拿起筷子吃茶泡饭。我很紧张，只好闭上眼睛，静静等待命运的到来。没错，这香气确实是很好的和风汤汁的味道。

奈空吃茶泡饭的声音在 Amour 里面回响着。我一生中所有的紧张仿佛都浓缩在这一瞬间。不久，奈空吃东西的声音停了下来，然后我听到筷子靠到碗边的声音。

我因为极度紧张，胸口跳个不停。

我慢慢睁开眼睛，像被热水洗过般干净的碗出现在我的视野里。

"很好吃，谢了。"

我怯怯地看着奈空的脸……不知为什么，他两眼通红，含着泪水。

虽然爱说些无聊中年男子说的玩笑话或是让人笑不出来的歧视言语，但奈空也是绝对不说恭维话的人。

好几种不可名状的感情一起涌上胸口，我赶忙冲进厕所，因为不想在奈空面前掉泪。

当我用围裙下摆擦干眼角，平静下来走出厕所时，奈空已经不在了。碗下面除了一张一万日元的宴会费，还有另一张万元大钞。很明显不是放错了，因为两张钞票就像羽毛扇的羽毛般整整齐齐地交错放在一起。我走到屋外，在被月光染成淡蓝色的雪路上，小小的马蹄印以等距间隔迤逦向前。独自留在Amour里的妈妈咳嗽了几声，我轻轻地把貂皮大衣披在她肩上。

妈妈的香水味飘了过来，淡淡的。

我向来讨厌的这个味道今天却感觉不那么讨厌了。妈妈睡得很熟的侧脸有点憔悴，是我神经过敏吗？总觉得她的脸色不太好。

今天经历了许多许多事情，真是充实。

"谢谢。"我正要走出酒馆时，妈妈像说梦话似的这么嘟囔了一声。虽然我不确定这话是对谁说的，但那个声音像一层轻薄柔软的纱，轻轻地罩住了我。

这是我今晚第二次听到谢谢。

似乎真的是冷空气来了。外面下起雪来，风像因嫉妒而发疯的魔女般狂乱呼号，刮得人脸上像抹了辣椒粉般刺痛。

我迎着强风呼出的气像在以迅猛的速度追赶奈空的背影

似的随风飘扬，飘向遥远的地方。

等这些冰慢慢融化，到了春天，美丽的花朵就会盛开。花朵盛开后，四周就会香气氤氲，大家欣喜微笑的日子也就不远了。

我就这么想着妈妈和奈空的关系。

然而，现实总是像断头台那样，把冰冷的刀锋按在我的脖子上，毫无慈悲地切断我对幸福的任何一丝期待……

那天，我一整天心情都不好。

先是早上的第一件工作——给爱玛仕准备的面包烤焦了，然后我在去蜗牛食堂的路上又不小心踩死了一对在雪中冬眠的蝴蝶。

虽然都不是故意的，但我一早起来就连连重重地叹气。

下午处理当天客人要吃的意式水煮比目鱼时，内脏清理得也很不顺。平常只要我把食指伸进鱼鳃里一拉，就能像摘下胸针似的把整堆内脏清理得干干净净，可是那天我却把鱼弄得支离破碎。而且，我特地买的从意大利空运来的橄榄油掉到地上，摔碎了瓶子，捡拾碎片的时候又被割到指尖，简直就像我一直依赖的料理之神都放弃了我。

而那天的最高潮是妈妈的告白。

晚上十一点过后，我从蜗牛食堂回到家里，正在泡澡时，浴室的门突然被打开，妈妈光着身子走了进来。我惊得停止了动作。平日一到晚上妈妈就去酒馆上班，不在家里，所以就连小时候的记忆中，我也几乎没有和妈妈一起泡过澡。

我吓了一跳，就像青春期的少女洗澡时突然发现父亲在偷看那样，赶忙屈起膝盖，两手遮住胸部。但妈妈不在乎我的反应。

"我有话跟你说，可以吗？"她用脸盆舀起热水浇在自己身上后，便径自跨进浴缸。哗啦哗啦，热水瞬间满溢而出。

我慌慌张张地想要起身,她却像在说"不要走"似的按住我的肩膀。

妈妈虽然没有醉,但满脸都是醉眼迷离的愉悦表情。

"其实,我遇到修学长了,是偶然重逢的。"她双手掬起热水,扑在脸上。

修?学长?

虽然平常笔谈本不离身,但我总不能连进浴室都带着吧。

"河豚宴时你不是也听到了?就是我的初恋情人,我们约好要结婚的。"妈妈声音缥缈,那音色和用语都和平常不同。

我很不高兴,忍不住凝视着妈妈的侧脸。难道妈妈疯了?

但她像在演独角戏般,一直看着前方继续说:"修学长完全没变,虽然我们都三十多年没见了,而且都上了年纪,可他还是跟以前一样,一点都没变。"

我瞄了妈妈一眼,她的脖子像成熟的桃子般染上了淡淡的红色。

这段唐突的话听得我脑中一团乱。即使没有这件事，我也因为先前长时间泡在水里想事情，手指都泡白了。

我猜妈妈已经说完了，于是便跨过浴缸边缘站起来。

反正，这些话洗完澡也可以听。但就在那一瞬间，断头台的利刃从天而降。

当我回过神时，发现自己身上只裹着浴巾，蹲在厨房的冰箱前。

我脑中一直在咀嚼、反刍妈妈刚才的告白，可还是丝毫不能理解。妈妈说她得了癌症，只剩下几个月的生命，而她的主治医师就是她的初恋情人修学长。妈妈形容自己"快乐而幸运"，能和初恋情人重逢的喜悦胜过对自己死期将至的恐惧。但我完全无法理解。

简直是比午间连续剧还要夸张的爱情故事。

我无法想象二十一世纪还存在这种故事。

对我来说，妈妈坚强、坏心眼，是总和我吵架的对象。我从没看过她哭泣的脸，认为她这辈子都是不死之身。我一直相信妈妈是我怎么捶打都不会坏掉的沙袋。这拥有连妖怪都不敢造次的强韧精神的妈妈，会被病魔打倒？笑话！我深深相信，唯独妈妈和这种事情无缘。

我轻轻打开冰箱，柠檬色的光线像眼药水似的慢慢渗入我的眼睛。

还剩一半的橘子酱看起来很眼熟，果然是我十年前离家时就放在那里的东西。仔细一看，果酱里都已经长出白雪般的霉菌。打开乳玛琳的盖子，里面果然也长满茂密绿苔似的霉菌。用了一半的番茄酱和蛋黄酱中，蟑螂的尸体随意横着。这一切都是妈妈生活的痕迹。

妈妈死了，这些东西也全都会迅速地从这个世界上消失不见吗？

不可能！我在心中呐喊，用力关上冰箱门。

浴室里传来妈妈哼歌的声音……

夜里，我丝毫无法入睡，于是披上棉外套，走到屋外。

寒冷的夜空中有几颗星星。

我想要找个人来依靠，可是身边除了自己没有别人，于是便走向爱玛仕的窝。夜的气息让人喘不过气，好像海参一样滑溜溜地粘在皮肤上。

我感觉自己好像从脚尖开始，一点一点地沉入黏稠的羊羹中。

我呼吸困难，跑去看爱玛仕。我无法相信妈妈说的任何事情，我希望那是妈妈式的恶意玩笑。

"因为你真的很傻嘛！"

此时此刻，我希望再一次听到那句我曾经听到不想再听的口头禅。

爱玛仕睁着眼睛，好像也睡不着。难道她已经知道了什么？

我走近时，爱玛仕就像一只聪明的看门狗一样靠过来。她用圆圆的瞳孔凝视着我，歪着脑袋。月光下的爱玛仕看起来比白天的模样可爱许多。我忍不住紧紧抱住她那宽大的背部。

爱玛仕的身体很温暖，虽然她的味道闻起来不怎么好，我的鼻子却已经习惯了，呼吸着她浓浓的草原味。

爱玛仕用鼻子紧紧抵住我的耳朵，呼吸急促。我受不了那搔痒，差点笑出来。

我知道，这个世界上存在着无论如何也无力挽回的事情。我也知道，能够随心所欲的事情只有一点点。几乎所有的事情都像水流入大河般，在不知是谁的硕大手掌中以超出自己意愿的方式进行着。

人的一生里，坏事总是比好事多，我的人生尤其如此，但我还是为了寻找小小的幸福而活着。尽管如此……我越想越懊恼，把脸深深地埋进爱玛仕坚硬的背部，紧咬着嘴唇，咬到流出血来。

第二天早上，爱玛仕开始腹泻，这是自我回乡以来头一次发生。平常她那像弹簧般卷成圆圈的尾巴无力地下垂。我赶忙翻开饲养手册，妈妈在上面仔细写着："腹泻时，把两到三大茶匙的木炭粉和少量饲料混合在一起喂食。"

我立刻付诸实践。

或许，爱玛仕也敏感地察觉到什么了吧。

从那天起，我每天晚上就往返于棉被和爱玛仕之间，睁着眼睛熬过黑夜。虽然身体很累，但一旦开始思考、想象各种事情，我就睡不着。

那种感觉很快就令人气力全无。

我什么也不想做。

我好几次都想陪在衰弱的妈妈身边，就算只有一秒，也要和她在一起。一天之中，我好几次像这样下定决心。

可结果，蜗牛食堂还是继续照常营业。

我有种预感，如果现在停业，我这辈子就再也无法重新振作起来了。而且，看到别人幸福的表情是我唯一的安慰。

令人高兴的事情也有很多。随着春天的临近，熊桑的手机又恢复成一天接到好几通预约或询问电话的状态。

去年为了向喜欢的男孩告白，用打工赚的零用钱来蜗牛食堂吃饭的高中生桃子，因为觉得"太好吃了"，所以又和男孩一起来预约；蜗牛食堂第一对顺利步入婚姻殿堂的农家子和高中老师也拿着他们的婚纱照来给我看；小老婆带着年轻男友来玩；带着得厌食症兔子来的小梢也在爸爸出差时，带着妈妈和兔子一起来吃我的料理。

刚开始时，有传言说"吃了蜗牛食堂的料理就能达成心愿、促成恋情"，说实话，因为对此感到好奇而来的客人还不少，但最近来的客人则多是吃过一次我的料理"想再吃一次"的人，他们单纯注重味道，把这里当作普通餐厅。这是最令料理人感到荣幸的事，也是对其最好的评价。

而且，季节亦是一秒也不等人。

蜂斗叶的花茎现在不去摘，往后一整年都吃不到。刚长出来的野生芦笋，现摘现吃最美味。蜂斗菜、鸭儿芹、土当归、土麻黄、艾蒿、蒲公英、楤木芽……群山围绕的这块土地，春天时充满了大地的恩赐。

幸好，妈妈的情况并不那么危急，而且妈妈毕竟是妈妈，还是跟以前一样，身穿华服、浓妆艳抹地站在Amour酒馆的吧台里，扮演着她的角色。她没有告诉任何人自己生病的事，只要走出家门，迈向外面的世界，也完全不会让人看到她难过的模样。比我还要有职业精神。

妈妈向我告白几天后，就带着她的初恋对象，也是她现在的未婚夫来到蜗牛食堂。对方名叫修一。

修一先生看起来就是一位非常优秀的医师，个子很高，身材修长，都市的气质中带着僧侣般的特性。他虽然和奈空完全不同，但一眼就看得出来他也不是我的父亲。他英俊得令妈妈现在还为他痴迷。或许在注重男人的外表这一点上，我们母女是共通的。

我为他们两个人泡了莲花茶，是以越南莲叶焙制的茶。我边祈求泥潭般的境况中可以绽放出一朵美丽的莲花，边虔诚地注入开水。接着，并排放置的两个茶杯中飘出了淡淡的香味。

修一先生好像在海外生活了很久。我因为和妈妈的代沟太大，不禁产生疑虑，妈妈该不会被这个男人骗了吧？这是不是觊觎时日无多的寂寞中年女子遗产的婚姻欺诈啊？因为修一先生实在太优秀了。

但是，他非常认真，拼命诉说他有多么爱妈妈，还告诉我他和妈妈初识的经过。修一先生是非常正直的人，他和妈妈一样，也还是单身。

修一先生离开妈妈后交往过几名女性，但并没有结婚，因为他忘不了妈妈。他承认自己有过恋人，因此不可能像妈妈那样保持童贞。其实，他都到了这个年纪，那种事情已经无所谓了吧！

说到最后，修一先生正襟危坐，直直地看着我的眼睛，然后口齿清晰地说："拜托，请答应让我和琉璃子结婚，我一定会让你母亲幸福的！"

接着，像想到什么似的，他突然跪在蜗牛食堂的地板上。我赶紧制止，他抬起头来，一副快要哭出来的表情，旁边的妈妈也眼眶湿润。

我不知所措。

我现在正在努力接受妈妈被病魔侵蚀的现实，无法思考更多事情。何况，现在根本找不到反对妈妈结婚的理由。

我急忙从抽屉里拿出笔谈本，以特别大的字写下：我也一样，拜托你了！

那一瞬间，我的眼眶也涌出了泪水。

父亲嫁女儿的心境就是这样的吗？

我们三个人坐在那里，都拼了命地忍住眼泪。

那天之后，一切事情都进展顺利，妈妈一步一步地为当新娘准备着。

客厅的桌子上总是堆着结婚礼服设计图和婚宴礼品目录。在旁人眼中，妈妈很幸福。

修一先生也在忙碌的医院工作之余频繁地来看妈妈。

他有时候带来用于止痛的中药，有时候帮妈妈按摩或听她发牢骚，在我忙不开的时候，他还会到厨房帮忙磨糙米。有时候，他还会坐在Amour的吧台前，喝着兑了热水的芋烧酒，烤他爱吃的沙丁鱼片，分给其他老顾客享用。

那段时间，如果蜗牛食堂的工作提早结束，我也会到Amour的吧台帮忙。妈妈毫不隐瞒，向大家介绍修一先生是她的未婚夫，并一起接受乡下人粗犷而温暖的独特祝福。他们在结婚前既不同居，也不外宿。年近五十的男女还坚持在结婚以前保持柏拉图式的关系。或许，妈妈真的到现在都还是处女。我渐渐这么相信了。

有一天，由于客人在前一天取消预约，蜗牛食堂就临时休息。我起床稍晚一些，烤完爱玛仕的面包后还有时间，便想好好洗个澡，然后看到了站在浴室玻璃拉门外妈妈那模糊的身影。

妈妈最近相当憔悴，她那有如镶嵌在玻璃上的影子就像冬天的枯枝那么纤细。仿佛轻轻一碰，她的身体就会折断，甚至会承受不住强风的吹袭，我不由得对此感到担心。

修一先生是安宁疗护专家,因此妈妈拒绝手术、抗癌药以及化疗等疗法,转而采用民间疗法。但不管妈妈再怎么强悍有力,病魔依然逐步侵蚀着她的身体。

妈妈用微弱的声音说:"我有事想跟你商量。"妈妈无法久站,于是在门边蹲下。"其实我想请你帮我办喜酒。"

结婚仪式定在五月初的连续假期期间,就在修一先生工作的医院附设的教堂里举行,仪式只有他们两人参加。接着他们再邀请亲朋好友举办一场盛大的婚宴,地点定在这附近的牧场。

意思是要我来烹制给大家享用的食物吗?

仔细想来,我好像不曾正式请妈妈吃过我亲手做的料理。以我此刻的心情,只要我能做到,任何事情我都愿意为她做,因此便爽快地答应了。

妈妈接着说:"时至今日,我想吃掉爱玛仕。对她来说,那样比较幸福。我要是不在了,她一定会很悲痛。所以,这就当作我最后的愿望吧……"

这真的是我第一次也是最后一次尽孝心。

入春这一天，我和熊桑把犬用项圈挂在爱玛仕的脖子上，再绑上绳子牵着她出门。

外面天气这么好，太阳在蓝蓝的天空中微笑，摇摇晃晃的小鸟拍打着翅膀飞向白云……可是，我却不得不去做这件悲哀至极的事情。

家家户户屋檐上那像老奶奶的乳房般松弛无力地垂下的冰锥融化了，啪嗒啪嗒地滴落在地，谱写出新的篇章。

自几天前开始，我就几乎无法入睡。

每次听到爱玛仕的脚步声，闻到爱玛仕的味道，揉着爱玛仕最喜欢的面包面团时，我脑中都会浮现出像我亲妹妹般的爱玛仕那害羞又勇敢的笑脸。

妈妈应该也和我一样。

她说想吃爱玛仕时，虽然还开玩笑地说"那孩子的最后就由我来结束吧！"，"那孩子的血一定有玫瑰的香味，因为她是我的分身啊！"，但随着这件事真实地逼近时，妈妈的开朗消失了，食欲也大减。

我好几次在笔谈本上跟她确认：真的要吗？

每一次她都用虚弱如老太婆的声音回答说："就这么办吧。"

结果，妈妈并没有如当初定好的那样找职业摄影师来为她和爱玛仕拍最后的合照。昨晚大家都睡下以后，妈妈独自去看爱玛仕，亲她的脸颊，紧紧抱住她宽大的背部，又给了她很多她爱吃的核桃面包，趁她专心吃面包的时候回到屋里。

我透过自己房间的小窗悄悄地看着这一切。到了早上，妈妈一直躺在床上没有出来，因此，前夜那一幕是妈妈和爱玛仕共处的最后时光。

在植物开始萌芽的狭窄山路上步伐凌乱、缓慢前进的爱玛仕，像个被蒙着眼睛走向死刑台的无辜囚犯。她的眼睛紧缩、凹陷，像在笑，也像拼命忍着不哭、努力想笑的样子。

我觉得自己的心情像刽子手的。而且明明知道对方是冤枉的，却无法违抗命令。我甚至完全不知道自己要做的事情究竟是对是错。一度觉得自己抓住了答案，但它又轻易地自手中滑落。

如果这条狭窄的山路能像螺旋梯一样永远绕个没完，那该多好？

如果我和爱玛仕只是在这舒服的春日天空下悠闲地散散步，然后回家，那该多好？

如果我们精神抖擞地回到家时，笑脸迎接我们的妈妈身上的病魔全都消失了，那该多好？

可是，只一转眼，我们就到达了目的地。

那里是酪农家废弃屋舍的一角，这个酪农是熊桑的同学、好友兼玩伴。该家族现在以饲养奶牛为主，生产牛奶和酸奶并出售。以前的业务范围很大，还包括养猪业。目前除特殊情况外，法律是禁止在畜牧场以外的地方宰杀家畜的。不过，这个酪农小时候就帮他爷爷宰杀过自家食用的猪，直到现在还沿用这一经验，一年几次接受邻居的请托,不把猪送到肉品中心,而是直接在他这里偷偷宰杀。

爱玛仕知道一切,或许该说她领悟了一切。不只是自己的命运,还有侵蚀妈妈的病魔、我和妈妈的争执,以及我内心深处无法用言语诉尽的复杂而澎湃的感情。

我蹲下来,与爱玛仕的视线相对,直直地看着爱玛仕的眼睛。她的脸与其说像老婆婆,不如说像聪明伶俐又思维缜密的老公公,白色睫毛在灿烂的阳光下闪闪发光。她的眉毛很长,像神仙一样。

我伸出紧张到僵硬的手指,怯怯地抚摸爱玛仕的脸颊。爱玛仕的表情越来越柔和了,像在微笑似的咧开嘴,然后静静闭上眼睛。

谢谢你。

虽然很短暂,但是和你共度的时光非常幸福。

我用透明的声音向爱玛仕诉说完毕后站起身来,离开那个地方。

爱玛仕接收到我的告别信号了吗？

她主动走向熊桑等待的地方，让他们将自己四肢反绑。

熊桑担心地轻声问我："小苹，可以了吗？真的是最后一面了哟！"

可是，我什么也没说。不对，是我什么也不能说，只能站在那里，把头垂得低低的，垂到发旋几乎正对着地面，看到虫子在我脚边爬行。仰头，我眼中的太阳如火球般熊熊燃烧。

我献上最后的，真正最后的祈祷。

请尽量不让爱玛仕感到疼痛，让她能够毫无痛苦地结束她作为猪的一生。

我除了这样祈祷，没有别的办法。

"一，二！"

男人用力地吆喝出声，同时按住爱玛仕的脚把她翻转过来，将其前腿和后腿分别绑住，然后从脚间穿过一根木棒，把她抬了起来。

刚才还很老实的爱玛仕，这时也出于本能痛苦地号叫了起来。那号叫声就像母猪生小猪时拼命求救般哀切。我闭上眼睛，但没有捂住耳朵，全心全意地去接受这一场景。两个男人抬着爱玛仕走过我的眼前，用水轻轻冲洗爱玛仕全身，把她吊在院子里的大树干上。

虽然爱玛仕的身体被固定，但她还活着。不过也许哭累了，不像刚才那样悲惨地哀号，只听得到她急促的呼吸声。

我睁开眼睛，慢慢走到爱玛仕身边。爱玛仕每呼吸一次，身体就像气球般膨胀一下。她身体的正下方放置了一个水桶，一切都准备妥当。

此时，负责结束爱玛仕的是我。我这个负责人必须切断这只猪的颈动脉，完成任务。

熊桑的朋友从储藏室拿出刀子交给我，然后熊桑像在说"切这里"般指着爱玛仕颈动脉的位置。我一鼓作气，专心地把刀刺进她的颈动脉。血液如同升上高空的烟花般四处飞溅,在熊桑方正的脸上绘出蕾丝图案。

爱玛仕没有受苦。

不,她当然会痛苦,只是我没有看到那种反应。

熊桑和他的朋友不停地夸赞说:"真是只好猪!"而我总觉得爱玛仕那像葡萄干一样凹陷的眼睛里含着泪。爱玛仕就这样静静地成了一只不归猪。

不久,循环于爱玛仕全身的血液流了出来,装了满满一桶。

我不停地用木棒搅拌,让血液表面起泡,以免血液凝固,因为做血肠时需要用到这些血。

爱玛仕全身,哪怕是一滴血,我也不想浪费。

本来我就相信牛蒡的皮、豆芽的根,还有西瓜子等各种食材都有生命,因此总会尽量不浪费,如今面对的是爱玛仕,这种想法便更加强烈。冲绳人说,猪除了叫声,全身上下都可以吃,于是我也决定把除爱玛仕的眼珠和蹄子之外的一切都拿来料理。

猪血放完以后要先把爱玛仕从树上卸下来,将她放在旁边已铺了塑料布的工作台上面,用五十摄氏度左右的热水烫过,然后用汤匙和尖锐的石头刮掉其表皮的毛。这项工作结束后,再用喷枪把外皮烧到光滑,然后就正式开始解剖作业。

熊桑和他朋友一起把爱玛仕的后腿撑开,用木棒固定后,又像刚才切断颈动脉时那样,把爱玛仕吊回树上固定好。现在虽然有专用的现代化机器,但其实凑合着使用手边的工具也行。要先用大刀切断爱玛仕的支气管,让她身首分离,接着从其肚皮正中自上往下切一条直线剖开,取出内脏。

这项工作也是我的任务,但毕竟是粗重的工作,所以熊桑的朋友站在我背后和我一起拿刀,给我助力。在不伤到内脏的情况下,我仔细慎重地剖开猪腹。

刀子一入猪腹,内脏就立刻露了出来,不过还粘在腹腔里面,没有掉下来。此时,我戴上医生开刀时用的手术手套,将手直接伸进去摘下内脏取了出来。爱玛仕的腹腔潮湿且柔软,还是温热的。

地面上铺着刚才刮毛时用的塑料布，爱玛仕的新鲜内脏一一掉落在蓝色塑料布上，在明亮的阳光下闪着耀眼的光泽，而且还微微抽动着，感觉像是爱玛仕肚子里的孩子一个个掉下来一样。

和爱玛仕庞大的身躯一比，看起来很小的猪心放到秤上一称，只有三百克。

柔软的猪肝脏，小小的肾脏，也就是腰子，富有弹性的胃，即猪肚，近两米长的小肠，还有与之相连接的大肠。

熊桑的朋友指着每一样实物告诉我它们的俗名是什么。

最后，爱玛仕这一生都没有用过的子宫也被拿了出来。猪是多胎动物，有两个子宫，形状就像泥土地上冒出来的植物芽。熊桑还用木棒在地上写了两个大字，告诉我这是"子宫"。

内脏都拿出来后，要把它们挪到别的地方并清洗猪肠。接下来还要将爱玛仕剖成左右两半，这是要使用链锯的粗活，因此交给男人做。

我在工作台上用水清洗肠子时，爱玛仕的头被送了过来。

她的眼睛还微微睁着，耳朵柔软，鼻子也湿湿的，就在刚才，真的就是刚刚还在动的爱玛仕的脸呀……眼睛周围微微湿润。是被杀时感到痛苦的关系吗？

对不起。

不过，既然已经这样，我一定要把你做成全世界最好吃的猪肉料理。

我想，那是让爱玛仕瞑目的唯一方法。

我把手伸进她的口腔里割下舌头。这时爱玛仕肥短的四只脚也被送了过来。

膀胱洗净后让它像气球一样膨胀起来并吊在树枝上。等会儿做香肠时要用。

男人们继续进行着切割作业，梅花肉、肩肉、大里脊、小里脊、五花肉、大腿肉、猪脚等被一一细细切好，装袋放在树荫下。做香肠时要用含有胶质的猪皮来勾芡，因此他们把剥下来的猪皮全都送到我的工作台上。

一般的香肠是在绞肉里加入盐巴、香辛料、鸡蛋,将其搅匀后灌入肠子,这个工作可以等回到蜗牛食堂再做。但血肠好吃与否受内脏的新鲜度左右,因此我立刻动手做血肠。

我将爱玛仕的心脏和肾脏剁碎,撒上盐巴,再放进盛猪血的桶里。我决定全部使用"满月盐"。人们相信,若在满月之夜以古法制作从附近海域采集到的天然盐,则会使其具有特别的生命力。无论如何,我都要把这种盐献给妈妈。

猪皮剁碎后放进猪血里搅匀,再加入背部的油脂和一点点肩胛肉,一起塞进洗净的猪肚中,烟熏后让它发酵,血肠就完成了。

接着,跟爱玛仕的脸庞做完最后的告别,我把它放在工作台中央,切下两边的耳朵,准备用来做凉拌耳丝。然后,我把头从中间切成两半,菜刀发出咯吱咯吱的声音。供爱玛仕思考的脑浆比我想象中少很多,包覆着一层珍珠似的微光。

我打算把一半猪头带回蜗牛食堂做成猪肉冻，另一半则剁碎塞进膀胱里，做成猪头肉香肠。

我一心一意地剁碎爱玛仕脸部的肉。

我把柔情注入菜刀，用心处理碎肉。

的确，爱玛仕已经不是原来的爱玛仕了。

她不会再叫，再吃，再跟我撒娇了。

但爱玛仕绝对没有死。

我剁肉时深深地这么相信。

因为爱玛仕那纯洁的灵魂就寄宿在这些一毫米见方的肉丁中。

当我察觉这点时，不知为何，我突然觉得自己像被爱玛仕温暖的灵魂之类的东西守护着，徜徉在令人怀念又平静的春之海洋中。

直到天色昏黑，我仍在熊桑朋友家的那块土地上继续工作。布满晚霞的天空带着初春时特有的粉红色霞光，对了，就是爱玛仕身上那种漂亮的粉红色。

我拖着筋疲力尽的身体回到蜗牛食堂，冰箱里面已经被一袋袋爱玛仕的肉塞满，那是熊桑用推车运回来的。

总共应该有近一百千克重。白天熊桑和朋友抽烟休息时聊到，爱玛仕虽然是只老母猪，但肉质很好，因为是处女猪。的确，在我眼中，爱玛仕的肉是漂亮的浅粉红色，肥瘦适中。这肯定是因为妈妈喂她优质饲料。而且，我总觉得爱玛仕的肉散发出混杂着果实、树叶和泥土香醇气息的森林的味道。

我叹了一口气，先烧开水泡茶。

一整天都站着工作，我两腿浮肿，肩膀也很僵硬。喝着自己焙制的粗茶，我茫然地想着明天开始不用再烤爱玛仕爱吃的面包了。冰箱里面还留着爱玛仕专用的天然酵母菌呢。

我并不感到特别哀伤，但觉得有一点点乏味，于是便翻开摆在厨房柜子一角的食谱，开始思考婚宴的菜单。需要做的事情还有好多好多，我没有时间沉浸在感伤之中。

我想用食物送妈妈环游世界一圈。

本来妈妈和修一先生计划去度蜜月，可是妈妈最近的衰弱非常明显，看来是没办法去蜜月旅行了。修一先生判断，她不但没有搭飞机的体力，甚至连去机场都不可能。因此，我希望她至少能吃到各地的特色食物，体验一下旅行的感觉。毕竟世界各地都养猪，各有各自独具特色的猪肉料理。

我在城市里学做菜时，虽然在许多餐厅工作过，但对我来说，这还是一个触动料理人灵魂的划时代的想法。不过思考并设计菜单还是一样让我伤神，即使这是一件稀松平常的事。

那天以后，我几乎都没有回家，就睡在蜗牛食堂里，差不多通宵达旦地在处理各种食物。那段时间，蜗牛食堂也暂停营业。我把小里脊切成容易料理的大小，用保鲜膜包住冷冻起来。大里脊做咸猪肉或叉烧，五花肉做培根，大腿肉做火腿，全都分别加工。

猪头、小腿和其他部位割下来的肉全部搅碎，作为萨拉米香肠、肉丸和维也纳香肠的材料。做维也纳香肠用的皮是向举办婚宴的牧场主人要来的天然羊肠。

我还是生平第一次挑战做生火腿。生火腿是妈妈喜爱的食物之一，妈妈希望我在她死后能把生火腿分送给照顾过她的人作为回礼。在梅花肉块中加入盐、糖和香料后让它发酵一段时间，待水分渐渐脱去后即成生火腿。

再多的时间也不够用啊。

独自料理完一整只猪是非常困难的工作，体力和精神上都非常吃力。我不懂的地方也很多，遇到这种时候就通过传真向村中唯一一家肉店的老板娘请教，这家肉店开在超市里，是熊桑介绍的。不论多么幼稚的问题，老板娘都会给我建议。

梅花肉柔软，含有大量脂肪，用来烧烤和蒸煮最好。包在肝脏外围的是大里脊肉，肉质非常柔软，切成薄片氽烫即可。大里脊和后腿肉之间的小里脊肉柔软而少脂肪，适用于各种料理。大腿肉脂肪少，可以连着骨头一起烤。从胸前到腹部的五花肉，瘦肉和脂肪交互重叠，味道很好。猪脚肉纹理较粗,要花些时间炖煮。

这些做法连同猪肉各部位的图解都是肉店老板娘告诉我的。

根据老板娘给我的信息,我逐步决定具体的料理内容,同时收集其他必备的材料。在筹备食材方面,我毫不客气地请熊桑和他的朋友帮忙。

第二天就是妈妈的婚宴了。

我回到暌违许久的家里。因为第二天一大早就要起床,我想小睡一下,于是躺到自己的床上。这床果然比用葡萄酒木箱做的简易沙发床舒服啊。

因为太累吗?我睡得连猫头鹰爷爷的声音都没听到。大约凌晨一点时,我的房门突然被打开,瘦削的妈妈走了进来,而我还在半梦半醒之间。

妈妈直接走到我的床边,蹲在床头凝视我的脸。

我闻到了妈妈的香水味,但假装自己睡着了。以前我心里对妈妈的憎恨,如今不管怎么在身体里面翻找,即使把我倒挂着摇晃，也找不到一丁点了。不过我的身体却还是本能地这样反应。

"伦子。"妈妈很久没有叫过我的名字了。我想要回"什么事"，可是，我发不出声音。

"求求你，在这最后，随便说点什么都好……"这嘶哑的声音之后，有手指轻抚我的脸颊。塑料般冰凉的手指生硬地抚摸我的皮肤。即使这样，我还是无法睁开眼睛，仍然继续装睡。

其实我很想跟她说，谢谢你。

谢谢你生下我。

可是我发不出声音……

我为自己的无情感到难过、懊恼，简直快要流出眼泪。正当我想紧紧抱住妈妈，向她忏悔道歉，以代替说不出口的感谢时，妈妈站起身轻轻走了出去。

即使一次也好，我想紧紧抱住妈妈。可是我没有勇气，我做不到。

这就是妈妈出嫁前夕的事。

在飞舞的雪花中,妈妈和修一先生的婚宴在新绿耀眼的美丽牧场上盛大举行。

我看着妈妈骑着奈空的白马,笑吟吟地自远而近的模样。妈妈花了好几小时设计,后由专业裁缝帮她缝制的新娘礼服高贵且优雅,楚楚动人。

妈妈第一次化了淡妆,略施脂粉的脸像雪一样白。修一先生在后面撑住她的身体,牵着白马的当然是奈空。妈妈、奈空,还有修一先生三人同在的这个画面,看起来有一种不可思议的和谐。

牧场的草原一带盛开着白车轴草,像撒了珍珠般闪闪发光,而最光彩照人的就是新娘妈妈,因为这是妈妈幸福人生的开始啊。

我一边这么深切地感受着,一边做着最后的收尾工作。

蕴藏着大量春天气息的微风轻柔地拥抱我的身体。

对我来说,料理就是祈祷本身。

那是我为妈妈和修一先生爱情永恒做的祈祷,是我为感谢奉献身体的爱玛仕做的祈祷,也是我对料理之神做的祈祷,祈求赐我做料理的幸福。

我从来不曾像此时这样无比欢喜过。

我看着用床单缝制的餐桌布上那整齐排列的各色佳肴,沉浸在万千感慨中。

新郎、新娘致辞过后,大家便向桌子这边聚集而来。有很多香槟是奈空送给新人的礼物,浮在大家手上香槟杯中的是糖渍樱花。这是现在和我十分要好的小梢妈妈去年做的,她好心分给了我一些。我用这个来代替祝贺新人时喝的樱花茶。

不久,有人领头喊了干杯,然后大家就以自助餐的形式,在各自的小盘子里装些我做的料理开始享用。爱玛仕改变了形态,踏出崭新的第一步。现在,她进入大家的身体,为他们补充元气。爱玛仕的生命得以延续,也获得怜爱。

零星种在牧场四周的樱花树像是喜极而泣般,花瓣在微风中飞舞,飘落到桌上。我咬紧嘴唇,拼命忍住笑容和眼泪。

我还有很多很多工作要做啊！负责婚宴料理的人可不能在一旁偷偷哭泣。

整齐排放的各色菜肴包括：

猪头肉冻拌本地产的腌渍蔬菜。

猪耳朵和菜根、醋一起煮过后切成细丝，拌入橄榄油和水果醋，这是一道法国风味的耳丝沙拉。

一半猪舌头用五香粉和其他香辛料、酱油卤成酱猪舌，另一半炒卷心菜，用盐和胡椒调味。

猪心已经塞进血肠里面。

猪肝和软骨用樱花片熏熟。

猪肚当场加盐后炭烤，滴上日本产的无农药柠檬汁。

子宫及其他内脏和比内地鸡一起炖汤，加入小茇菜和墨鱼丸，炖好后浇在米粉上，最后加入生蛋黄，做成缅甸什锦汤米粉。

猪脚慢炖，熬制出胶质，像冲绳猪脚那样。

蹄髈和马铃薯、洋葱、胡萝卜一起炖煮好几小时，做成法式炖肉。

梅花肉切成一口大小，调味后撒上太白粉，用橄榄油炸得酥脆，淋上巴萨米克醋，做成意大利风味的咕噜肉。

用盐腌过的大里脊肉和水芹一起熬煮味噌汤。

预先做好的叉烧，一半直接切片，另一半加入大量葱白，做成叉烧炒面。

没有加工、冷冻起来的里脊肉炒这个冬天腌好的泡菜。

梅花肉几乎都被我用来做生火腿，剩下的一点则听从肉店老板娘的建议，切成薄片余烫后和蟹肉、豆芽、韭菜一起，用润饼皮包成越南生春卷，蘸酱是从当地邮购的鱼露。

猪腿肉加工的火腿用在三明治里，也加入马铃薯沙拉。冷冻保存的大腿肉解冻后一部分直接带骨烧烤，撒上柚子胡椒；一部分绞成肉，加入大量的花椒，炒成味道辛辣的四川麻婆豆腐；还有一部分则和用鸡汤煮熟的大米一起塞进青椒里，做成土耳其酿青椒；最后一部分则用来做俄罗斯咖喱面包的馅。

五花肉加工成的培根和奶酪一起混在面团中，烤成培根奶酪面包，因为用了可以说是爱玛仕留下的礼物——天然酵母菌，就成了口感十足又带有乡村风味的面包。

肋排和洋葱、番茄一起炒过后加可乐炖成美式肋排。

小排裹上面衣，高温油炸，这就是一道中式的椒盐排骨。

分量极少的小里脊用盐和胡椒腌过后和小洋葱、大蒜一起炒，之后加入苹果，用高压锅煮几分钟，最后用白葡萄酒调味，再添上酸奶油，即可上菜。

甜点则准备了手工制作的结婚蛋糕。

虽然样子不好看，但我还是设法做成了结婚用的蛋糕，使用了大量野生的蒲公英、紫罗兰和玫瑰花做装饰，每一样都是天然的，可以食用。没有食欲的妈妈，可能只有这道料理能入口。

茶用的是熊桑拜托他在九州岛的亲戚特地邮购来的刺槐花，这花浮在红茶上面就成了香气袭人，且完全符合婚宴气氛的合欢茶。

婚礼赠礼我准备的是酒窝馒头。在包着红豆馅的山药馒头顶端点上食用红色素，突显喜气。一份两个，并排装在盒中，就好像妈妈和修一先生笑脸相偎的样子。

希望这笑脸能够永存。

怀着这个心愿，我一个个仔细地点上红点。

当然，这种庞大的工作只靠我一个人绝对无法完成。妈妈和修一先生的婚宴如果没有村人的协助，绝对无法实现。妈妈和 Amour 酒馆已深深扎根在这个山谷小村中，只是我不知道而已。

只要看妈妈一眼，就能知道她现在的病情，不言而喻。那些希望妈妈在人生的最后阶段能幸福快乐的人都自告奋勇地担任婚宴义工。

大家真的是满心欢喜而来。

妈妈和片刻不离她身旁的修一先生露出最幸福的笑容。

实际上，妈妈能够坐在那里已经用尽了她的体力。她几乎不能吃东西了，但还是深情注视着已经改变样貌的爱玛仕。

爱玛仕绝不可能消失。

只是改变形态而已。

午后，望着春阳照射在盘中，桌上食物几乎被一扫而空的光景，我突然有这种感觉。

那天的情况如果再多回想一些，我就要崩溃了。

因此我刻意只回想一点点。

我把真正重要的事情都紧紧锁在心里，不让它们被任何人偷走，也不让它们因接触空气而褪色，更不让它们因风雨侵袭而毁坏形状。

妈妈很快就过世了。

她和思念了一辈子的初恋情人重逢、结婚，成为他的妻子，但只过了几个星期的夫妻生活。或许是她已经没有活下去的欲望，或许是灵魂告诉她已经够了。

妈妈直到最后的最后都是幸福美丽的新娘。

我找不到能够陪她一起去天国的陪葬品，于是把笔谈本放进妈妈的棺木。里面几乎都是我和客人对谈时的记录，也有少许我和妈妈的珍贵交流。我想，既然我发不出声音，至少我的文字可以追随妈妈而去。

这个家里就只剩下我和猫头鹰爷爷。

每晚，我都一定会想起那天晚上的事，就是婚宴前夕的事。

我无法原谅当时的自己。那份懊悔或许比失去妈妈的哀伤更大更深更重。

妈妈那时候那样地恳求我，为什么我还是无法出声叫她呢？

我真是一个没用、卑怯的伪善者。

另一个我痛骂自己的声音总是困扰着我。

虽然知道后悔也没有用，但我还是无法不去想。我无法再见到妈妈了。纵使我将来恢复了发声，也无法让妈妈听到了。

每天晚上，在听到猫头鹰爷爷于午夜十二点报时以前，不管怎样，我都无法入睡。

妈妈过世以来，蜗牛食堂一直停业。

那天，我把用爱玛仕的肉制成的生火腿分给妈妈的朋友和为婚宴帮忙的义工。

那是妈妈的遗愿。

远方的朋友，我就请熊桑开小货车送我去；附近的人，我就骑着蜗牛号，花一整天的时间拜访他们所有人。

季节不顾我内心的感受，独自向前。牧场的樱花树已经只剩下叶子，翠绿的树叶相当茂密。可是我的心像开了一个大洞，连如被热水烫过的西蓝花般鲜艳而抖擞的树木都留不住，让那景象径自滑过。

很久以后我才去拜访修一先生。在户籍上，他是我的"父亲"，但他和妈妈都说，我可以保留以前对他的称呼。修一先生为了可以和妈妈共同生活，在他工作的医院附近买下一套公寓。大概是考虑到照顾妈妈的问题，整套房子都是无障碍的，走廊、浴室和厨房都装了扶手，方便妈妈走动。

修一先生的头发全白了，他以比常人快二十倍的速度衰老。

这也难怪，因为他在短短几个月间就尝尽人生的喜怒哀乐。我深深地鞠躬，送上我全心全意制作的生火腿。

修一先生请我喝茶时聊到外婆的事。

在这之前，我完全不知道外婆也和村里的小老婆一样，是某个已故政界人士的情人。妈妈还小的时候，外婆和那个有太太的政界人士谈恋爱，抛下妈妈离家出走。因此，妈妈也不太知道外婆的事情，辗转寄居在亲戚家和福利院。也因为如此，妈妈不愿让自己的女儿有同样的遭遇，这才选择在住所附近开 Amour 酒馆。

所以，或许外婆就是在把她没有给予亲生女儿的爱全都灌注到我身上。若我能早一点知道这件事，也许就能修复和妈妈的感情吧。

因为白天见了许多人，我身心疲惫，所以那晚比平常更早地洗澡上床。

直到现在，我都还没有决定要让蜗牛食堂重新营业。或许就这样歇业吧。

妈妈死后，我便没有继续留在这个村子里的理由了。从那天以来，我的心一直都茫然若失，无所依托。

就在我昏昏沉沉地想着事情时，猫头鹰爷爷像往常一样准确报时。

现在，猫头鹰爷爷是我唯一的亲人了。

只要每天定时听到它的叫声，我就会像小时候那样稍稍感到放心，并安心睡去。

咕，咕，咕……还是正确的节奏。

可是，当我数到第九声时，猫头鹰爷爷突然停止了叫声。

我一直静静地等待，但始终没有听到第十声。

怎么了？天花板上发生了什么事？不会是有蛇潜入，咬住猫头鹰爷爷的脖子……

我凝视天花板。

这种事情在我记忆中不曾有过。

我突然感到不安。"孑然一身"这个词直直地从天花板对准我的咽喉落了下来。

我背脊发寒,真的觉得心脏好似要停止了。

猫头鹰爷爷是这个家的守护神,妈妈严格禁止我去看它。

因此直到现在,我都没有窥探过天花板上面。可是现在发生了紧急情况,万一猫头鹰爷爷有生命危险,去救它也是我作为家人的义务啊!

我披上妈妈爱穿的织花睡袍,拿出放在枕边紧急避难袋中的手电筒,钻进壁橱小心地推开通往阁楼的天花板。

我顿时大吃一惊。因为在那里的并不是真的猫头鹰,而只是一个猫头鹰形状的闹钟。

我怯生生地伸手去摸猫头鹰爷爷。

塑料的冷硬触感,拿起来出乎意料地轻。活生生的猫头鹰形象根深蒂固地存在于我的脑海中,对我来说,这个发现像梦中的影像般缺乏现实感。

仔细一看,猫头鹰爷爷下面放着一封信。我突然清醒,那无疑是妈妈给我的信。信封上用我熟悉的字迹写着

"给伦子"。

我抓起信,冲出壁橱,打开房间里的日光灯,小心翼翼地用剪刀剪开信封,唯恐弄坏里面的信纸。我拿出信纸,开始慢慢看信。

伦子:

当你看到这封信时,应该是在一切都揭晓之后吧!对不起,我无意骗你,猫头鹰爷爷其实是个闹钟。但请你仔细想一下,就是再厉害的猫头鹰,也不可能那样精确地每天晚上十二点都准时叫十二声呀。你真的很傻!

我没想到你都那么大了,还真心相信猫头鹰爷爷。不过作为设计这个小诡计的妈妈,我还是很高兴。

说穿了,这是当年我觉得把幼小的你独自留在家里太可怜而想到的主意。之前我一直都在换电池,但现在就算我再强大,也无法在另一个世界做到这件事,所以在此向你坦白。

纵然我的心里时时念叨着你,可我们究竟是从什么时候开始变成这样的呢?一度纠缠在一起的线头就再也无法解开。

我明明好喜欢你,却怎样也无法把这份心意传达给你。或许我心中的某个地方存在着"你不是我最爱的人的孩子"的想法。对不起。真的对不起。

不过,我绝不后悔生下你。如果这世上没有你,我不可能活下去,也不可能和修学长再度重逢。

你是比自己所知道的还要俏皮可爱的女孩。所以,请你拿出自信。说什么被男朋友甩了,鬼话!你是我最骄傲的女儿,一定会更受欢迎。

而且,你做的料理真的很好吃。

谢谢你。我不是恭维你。

我想爱玛仕一定也很高兴。有爱玛仕在天国门口等我,即使不能见到丈夫和女儿,我也可以忍受。

加油!你很辛苦吧?

因为你一向怯弱，所以一定要让蜗牛食堂重新营业。

妈妈已经过世，这栋房子变成我的了，即使不工作也没关系。你千万不能这么想。你开店时跟我借的钱应该还没还完，请你如数还清。

然后把钱装到空香槟瓶（最好是水晶粉红香槟瓶）里，埋在田中。等我来生转世时，一定会去拿来用。

请你立刻将食堂重新开张！

你有才能。

你能够通过料理让别人幸福。

所以请你继续下去。

你拥有我所没有的可贵才华，请好好珍惜时间，积累经验。

你完全不必自卑。你可爱、聪明，又会做菜，是值得人们爱护的存在。

因为是几十年迎来送往、看过那么多人的我这么说，所以你一定要相信。虽然你可能会不相信我的预测，但就是那么准。

请你更有自信、堂堂正正地活着。

请你稳稳地踩着地面呼吸。

像你这样乖巧的孩子,要更尽情地玩耍、恋爱、开阔视野。这个世界比你想象中要大,只要你想,哪里都可以去。如果想吃河马肉,就飞一趟坦桑尼亚或什么地方吧!

这是我给独生女儿说的最后一番话。

以前我们感情不好,我没对你做过一件母亲该做的事情。不过,我保留下来的那份爱都化成强大的力量在那个世界守护你。我会永远在你身边,不要怕。失恋并不会死人。

最后,我要告诉你,Amour酒馆的Amour并不是你所想的法语单词"爱情",而是流经俄罗斯的阿穆尔河,也就是Amur。高中时,我和修学长约定蜜月旅行要去阿穆尔河。现在想起来,我们实在是兴趣古怪的高中生,不过当时是认真的。也许是在风景明信片上看到的吧,我完全被那个景色迷住了。所以我拜托我的先生将来有一天把我的骨灰撒进阿穆尔河。那样也好。

虽然没有达成蜜月的梦想,但是借着你的料理环游世界,我非常、非常满足。

真的谢谢你。有你这个女儿真好。

还有,趁我还没有忘记,要告诉你一件事:冰箱冷冻室里面有你的脐带。

重要的东西只要冷冻保存即可,需要的时候再用微波炉解冻,大部分东西都能如此保持原状。

虽然脐带没有什么用处,但那是你是我女儿的不可动摇的证据。

你不是怀疑我并非你的亲生母亲吗?

拿去做DNA鉴定,立刻就能证实。

而我是怎么生下你的呢?等我们来世相见时,我再告诉你。

人们不是说"死后不留烂摊子"吗？

所以这是我留给你的第一封，也是最后一封信。

作为一个不检点的母亲，我很抱歉。

我还要再告诉你一件事。

伦子的伦并不是不伦的伦。想想看，这世上哪有父母会因为自己的孩子是不伦之子而取名伦子呢！其实那只是普通的隐喻罢了，因为我真的希望你不要像我这样过着不检点的人生，希望你这一辈子都认认真真地遵守伦理而活。

如果你是如我期待的孩子，我会很高兴。

所以，不要以你的名字为耻。从今以后，要抬头挺胸、堂堂正正地活下去。将来有一天，我们在某个地方相见时，请不要无视我。

有着不检点的人生，

但最后非常幸福的你的妈妈琉璃子

我紧紧握着信纸,冲下楼梯,跑进漆黑的厨房,用力撬开冷冻室的门。

不知什么时候留下的咖喱、变成黑色的香蕉、吃到一半的蛋糕,甚至连蜡笔都偷偷混在食品里面。

我从那堆东西里翻出几张我小时候的照片。

已经褪色还带着冰霜的小时候的我,呵呵笑得连我自己都觉得惊讶。

我是头一次知道自己曾经有过这样笑对母亲的日子。

从我懂事以来,我心中就一直有"可恨的妈妈"这一想法。不知不觉中,我就进入了反抗期。我终于明白,怪不得我的相册中没有一张笑着的照片,里面也到处都是照片被撕掉的痕迹,斑驳如虫蛀。

大颗的泪水滴落在幼小的我的脸上。

清理掉所有杂物后,冷冻室的里层出现了一个小盒子。盒子是淡褐色的,上面没写任何字。

我屏住呼吸,轻轻打开盒盖。

里面静静躺着一截像用过的线香灸似的干燥脐带。

妈……

我用发不出的声音呼唤。

妈妈能感受到我此刻的声音吗？

我永远的妈妈。

这是再也回不去的过去，却又是这样永远留存的东西。

这世上一定还藏着很多很多只要我坚持寻找就能找到的东西。

我跪在冰冷的厨房地板上，手心里紧紧攥着连接妈妈和我的脐带。

虽然所有的事情看似都解决了，可是后悔就像一块小骨头一样卡在我的喉咙里，一直无法咽下。

不知为什么，我越来越不想动。

即将入夏，但是蜗牛食堂仍继续休息，不知不觉，时间就这样悄然无声地流经我的身体。

而且，我几乎没有吃过像样的饭。

我不想再见到血，也不想进食。

我尽量选择没有生命的东西吃。

我的身体瘦成不可思议的状态，皮肤也很粗糙。

但是我不在乎。

我的饮食大部分是快餐，有时候一天三餐都吃泡面。

因为这样，我变成煮泡面高手。说我是"快餐料理研究者"也不为过。厨房的收纳柜里还有一大堆妈妈买的已经过期了的泡面。

快餐完全没有感情和思虑，对现在感情过敏的我而言是最适当的食物。

或许，妈妈也是不想思考和感受才只吃快餐食品的吧。

即使偶尔做菜，我也什么味道都尝不出来。就像章鱼吃自己的脚来填饱肚子，猫咪舔着自己的性器官一样，我完全没有在吃什么的实际感受。料理必须在用心帮除自己以外的人做的情况下才能成为供给自己身心的营养。

我就这样茫然地度过每一天。

一个晴朗的下午，我突然听到"砰"的一声，有东西砸到窗玻璃上。

我惊讶地转头一看，肮脏的窗玻璃上留下东西撞过的痕迹。

我觉得奇怪，小心翼翼地走到屋外，发现草丛里躺着一只鸽子，脖子流着血。

我走近一看，鸽子已经死了，好可怜。

我想把它埋在无花果树下，于是轻轻捧着它的尸体蹲了下来。过去，只要看见死去的昆虫、小动物或枯萎的花朵，我都会这样吊唁它们。爱玛仕的眼珠和蹄子也长眠在这棵无花果树下。

这时，于温暖的微风中我听到妈妈的声音在我耳边说："不能让它白白死去！"

我的耳朵确实听到这话。没错，那是妈妈健康时的声音。

啊！我四处张望。

如果可以的话，哪怕一次也好，我想紧紧抱住妈妈。

可是，那一瞬间是最初，也是最后，妈妈的声音像烟雾，消失在树林的另一端。

我手边只剩下鸽子的尸体。

突然，我觉得那只鸽子就是妈妈。

我也突然想起熊桑说过，这一带的鸽子不像城市里的鸽子那样乱吃奇怪的东西，是只吃虫子的野鸽，因此肉特别香。

我慎重地抱着鸽子的尸体站了起来。

还是热的。

我不能让妈妈白白死去。

我急忙拿着蜗牛食堂的钥匙冲向厨房，在好几个月没动过的深底锅里加水烧开。

我把鸽子浸在滚水里，仔细地拔着毛，然后切开鸽子的肚子，塞入香草，给它全身抹上盐和胡椒，放置一会儿，之后和大蒜一起用平底锅煎成金黄色，等到表皮酥脆后再放进烤箱里慢慢烤。

我心无旁骛，忘记了时间。

猛然回神看向窗外时，已经是黄昏了。在夕阳的照射下，一切景色都像涂上橘子酱似的，就连我家大门旁边的棕榈树也在夕阳的照射下拉出长长的影子。烤箱里散发出香喷喷、甜丝丝的味道。

再过十分钟就烤好了。

我把浆得硬挺的白色麻纱新桌布铺在蜗牛食堂的餐桌上，拔出原本计划给客人喝的意大利阿马龙极品红酒的瓶塞，将酒倒进专用的大酒杯中。

像血一样鲜艳的红酒在光下发出红宝石般的光泽，我闭上眼睛吸了一口气，有奢华的甜香。

我不得不认为这是妈妈借着鸽子，以冲撞身体的方式传达信息给我。我摆好沉甸甸的银色刀叉。等野鸽烤好，在剩下的烤汁中加入红酒煮干后，再浇上浓稠的卤汁便大功告成。我立刻装盘端到桌上。

妈妈再度唤醒了我做料理的乐趣。

我在心中恭敬地说了声"开动啦"，将叉子刺入刚才还在天空中飞翔的野鸽。肉的纤维之间流出红色的肉汁。我用刀切下一块肉，把热气腾腾的肉片送进口中。那充满粗犷大地风味的肉汁在口腔里散开，就在我吞咽的瞬间……

咦？是心理作用吗？喝一口红酒，以镇定我骚动不安的心，再吃一口烤野鸽肉。然后，就像按下坏掉的旧风琴键盘后过了一段时间才会发出声音般，"哦……"。

终于，声音终于回到我的身体里了。

就像顺利通过身体里面复杂缠绕的线团后终于来到体外，就像阳光照进几十年都没有打开过的储藏室。

"真好吃！"我的声音确实振动了喉咙，在舌头上温柔演奏，化成微风，从我身体里面振翅飞向妈妈所在的美丽宇宙。

"谢谢。"我发出声音，传达给妈妈。那是我好久没有听到的自己的声音。

我一点不剩地吃完烤野鸽。吃着吃着，我突然有种在和妈妈一起吃的感觉。我连骨头旁边的肉都啃了个精光，红酒也喝完了。鸽子的小小心脏缓慢而确实地融入我的气息。爱玛仕和野鸽在我身体里合而为一，我重新开始焕发生机。

　　我不能放弃料理！

　　我打从心底这么想着……

　　所以，我要从头开始做菜！

　　我要做出让身边的人感到欢喜的料理。

　　我要做出让吃的人变得温柔的料理。

　　即使只是小小的幸福，我也要继续做出人们吃了以后会感到幸福的料理。

　　就在这世上唯一的蜗牛食堂的厨房里！

SHOKUDO KATATSUMURI
Text Copyright © 2008, 2010 Ito Ogawa
Illustrations Copyright © 2008, 2010 Shizuka Ishizaka
All rights reserved.
First published in Japan in 2008 by POPLAR Publishing Co., Ltd.
Revised edition published in 2010 by POPLAR Publishing Co.,Ltd.
Simplified Chinese translation rights arranged with POPLAR Publishing Co., Ltd.
through PACE Agency Ltd.

© 中南博集天卷文化传媒有限公司。本书版权受法律保护。未经版权利人许可，任何人不得以任何方式使用本书包括正文、插图、封面、版式等任何部分内容，违者将受到法律制裁。

著作权合同登记号：图字 18-2021-70

图书在版编目 (CIP) 数据

蜗牛食堂 /（日）小川糸著；陈宝莲译. —长沙：
湖南文艺出版社，2021.6（2022.8 重印）
ISBN 978-7-5726-0151-4

Ⅰ.①蜗… Ⅱ.①小…②陈… Ⅲ.①长篇小说—日本—现代 Ⅳ.① I313.45

中国版本图书馆 CIP 数据核字（2021）第 078428 号

上架建议：畅销·日本文学

WONIU SHITANG
蜗牛食堂

作　　者：	[日]小川糸
译　　者：	陈宝莲
出 版 人：	曾赛丰
责任编辑：	刘雪琳
监　　制：	吴文娟
策划编辑：	万巨红
特约编辑：	吕晓如
版权支持：	金　哲
营销编辑：	闵　婕
封面绘图：	石坂しづか
装帧设计：	梁秋晨
出　　版：	湖南文艺出版社
	（长沙市雨花区东二环一段 508 号　邮编：410014）
网　　址：	www.hnwy.net
印　　刷：	三河市天润建兴印务有限公司
经　　销：	新华书店
开　　本：	875mm×1270mm　1/32
字　　数：	102 千字
印　　张：	7.25
版　　次：	2021 年 6 月第 1 版
印　　次：	2022 年 8 月第 2 次印刷
书　　号：	ISBN 978-7-5726-0151-4
定　　价：	49.80 元

若有质量问题，请致电质量监督电话：010-59096394
团购电话：010-59320018